BIG LIFE

빅 라이프

빅 라이프 11

우지호 장편소설

초판 1쇄 찍은 날 | 2017년 5월 18일
초판 1쇄 펴낸 날 | 2017년 5월 25일

지은이 | 우지호
펴낸이 | 예경원

기획 | 위시북스
편집책임 | 박우진
편집 | 이즈플러스

펴낸곳 | 예원북스
등록번호 | 제396-2012-000132호
등록일자 | 2012. 7. 25
KFN | 제1-105호

주소 | 경기도 고양시 일산동구 호수로 646-24 위너스21 II 빌딩 206A호 (우)10401
전화 | 031-819-9431 팩스 | 031-817-9432
E-mail | yewonbooks@naver.com

ⓒ우지호, 2016

ISBN 979-11-6098-250-3 04810
　　　979-11-5845-517-0 (set)

BIG LIFE
우지호 장편소설
11
WISHBOOKS MODERN FANTASY STORY
빅 라이프
Wish Books

빅 라이프
BIG LIFE

CONTENTS

104장 이게 무슨 소리야   7

105장 사람을 잘 봅니다   23

106장 마음대로 해   41

107장 대체 멀 쓰시는 거죠   71

108장 정말 그냥 여행인가   89

109장 안 되긴 머가 안 돼요   109

110장 후회는 없다   131

111장 웃지그래   155

112장 이게 또 안 먹히네   185

113장 이사님이 결근이라니   217

114장 줄 잘 서세요   241

115장 무릎 꿇지 말라니까   267

104장
이게 무슨 소리야

"그럼 이제부터 또 한 번 잘 부탁드리겠습니다."

재건이 계약서에 날인을 마쳤다.

규호가 웃으며 손을 내밀었고 두 사람은 악수를 나눴다.

수희를 비롯해 동석하고 있던 기획 팀 직원들이 일제히 박수를 보내왔다. '더 브레스' 온라인 게임 개발이 확정된 순간이었다.

개발 기간은 짧아도 2년 이상 소요될 거라고 했다. 회의 중 규호가 직접 한 말이었다. 그가 그려낸 큰 그림을 오롯이 표현하기 위해서는 오랜 기간이 필요했다.

"6개월 안에 제작 발표회를 할 수 있도록 애써보겠습니다."

"저는 전혀 급하지 않습니다. 2년이 아니라 10년이 걸려도 좋으니 남 이사님께서 구상하신 대로 잘 나오기만 했으면 좋겠습니다."

직원들이 회의실을 빠져나가고 재건과 수희, 그리고 규호 세 사람만이 남았다. 커피 한 모금을 마시고 난 규호가 넌지시 말했다.

"말할 기회가 없었는데 두 분 축하드립니다."

재건이 히죽 웃으며 고개를 까딱였다. 수희는 두 뺨이 발그레해진 얼굴을 떨어뜨린 채 두 손을 꼼지락거리고 있었다.

"주간경향에서 나온 기사 읽어봤는데 정말 맞습니까?"

"네, 맞습니다. 내년 중에는 결혼하려고 합니다."

거기까지 말하고 난 재건은 속으로 중얼거리듯 덧붙였다.

마음 같아서는 누나가 먼저 시집을 갔으면 좋겠다고.

하지만 규호 앞에서 그런 말을 대놓고 할 수는 없었다.

"그럼 남 이사님, 저는 이제 일어나야 할 것 같습니다."

"조만간 저녁 식사 한번 하시지요. 제가 연락드리겠습니다."

돌아서는 재건의 뒤를 수희가 따랐다.

엘리베이터까지 이어지는 복도는 길지 않았다. 아쉬워하는 기색으로 수희가 말했다.

"주차장까지 데려다줄게."

"여기서 들어가. 저녁에 볼 건데 뭐."

"싫어. 주차장까지 같이 갈 거야."

끝끝내 수희는 엘리베이터에 함께 올라탔다. B1층 버튼을 누르면서 그녀가 말을 이었다.

"이제 남은 게 뭐지? 영화? 애니메이션?"

"뜬금없이 무슨 소리?"

"더 브레스 말야. 책은 나왔고 게임도 만들어지고. 우리나라랑 달리 미국은 판타지도 영화로 제작할 수 있는 여건이 되잖아. 미국에서 잘 팔리면 영화화도 금방 될 수 있을 거야, 그치?"

"이수희 팀장님이 원래 이렇게 김칫국을 좋아하셨나?"

차 앞에 도착한 재건이 차문을 열었다. 그 앞에 선 수희는 갑자기 한 가지를 기억해 내고 온몸을 흠칫 떨었다.

"재건아, 오늘 그냥 너희 집에서 저녁 먹을까?"

오늘 저녁은 재건의 집이 아닌 수희 집에서 만나기로 돼 있었다.

그런데 서재 문을 미처 잠그지 못하고 출근했던 것이 이제야 생각난 것이다.

"무슨 소리야? 집에 저녁거리 다 준비해 뒀다면서?"

"그건 그런데……. 생각해 보니까 너 글도 써야 하고. 원래 쓰던 네 집에서 쓰는 게 집중도 잘되고 좋잖아?"

"걱정도 팔자. 오늘은 글 안 쓰고 쉴 거야."

"재건아……!"

차라리 말을 안 하는 편이 좋을까. 언급했다간 재건이 더 궁금해져서 참지 못하고 서재를 이 잡듯이 뒤질지도 모른다. 수희가 이러지도 저러지도 못하고 발을 동동 구르는 사이 재건은 차에 시동을 걸었다.

"그럼 이따 봐. 수원 갔다가 바로 집으로 갈게."

"아, 알았어. 운전 조심해, 재건아."

차가 대로로 진입할 즈음 핸드폰이 울렸다. 사랑하는 누나 재인의 전화였다. 재건은 블루투스를 연결하고 환히 웃으며 전화를 받았다.

BIG LIFE

"그래, 재건아. 남 이사님 의지가 이만저만이 아니신 것 같더라. 더 브레스 꼭 성공시킬 거라고. 정말 축하해, 응. 그래, 운전 중인데 너무 길게 통화하기 그렇다. 운전 조심하고 또 전화할게."

전화를 끊고 난 재인은 눈앞에 펼쳐진 풍경을 다시금 바라보았다.

새로 옮겨 올 본가의 건축 현장이었다. 드넓은 정원을 품은 웅장한 저택은 절반가량 그 윤곽을 갖춰가고 있었다.

'이런 집에서 살 수 있을 거라고 꿈이나 꿨을까.'

재건이 성공가도를 달리기 시작한 지 이제 곧 3년째가 된다. 여전히 재인은 수시로 뒤바뀐 환경에 놀라곤 했다. 동생이 제 입에 풀칠할 만큼만이라도 자리를 잡았으면 좋겠다고 속을 태웠던 일이 엊그제 같은데.

드르륵!

재인이 주머니에 넣었던 핸드폰을 도로 꺼내 들었다. 전화한 사람은 이번 동창회에 참석했던 지선이라는 이름의 친구였다.

"응, 지선아."

-그날 잘 들어갔니? 경황이 없어서 제대로 인사도 못 했다, 얘.

"잘 들어갔어. 그날 막바지에 너무 달렸어. 살짝 취했다."

-취할 만도 하지. 그렇게 잘나신 남친이 직접 데리러 와주셨는데 뒷걱정할 일이 뭐가 있니? 나 그날 네 남친 차 보고 기절하는 줄 알았잖니. 세상에, 운전기사까지 있더라?

지선은 숨도 쉬지 않고 말을 이었다.

-근데, 재인아. 너 숙희 코코아 스토리 들어가 봤니?

"아니, 요즘은 안 들어간 지 오래됐는데 왜?"

-그날 숙희 갑자기 집에 급한 일 생겼다면서 먼저 들어갔잖아. 다음 날 보니까 코코아 스토리에 올라온 글들 비공개로 돌렸더라. 그 많던 자랑 글이 싸그리 사라졌어.

"갑자기 왜 그러지? 무슨 일 있나?"

ㅡ넌 진짜 몰라서 묻니? 동창회 때도 집안일이 아니라 너 보고 배 아파서 먼저 탈주한 걸 텐데. 아무튼 내 속이 다 시원하다. 애들 단톡에서 배 잡으면서 웃고 난리 났어.

"그러지 마. 너희들은 또 주책이야."

ㅡ내가 장담하는데, 숙희 이대로 잠수다. 고 기지배가 다음 번 모임에 나오면 성을 갈지.

재인은 대답할 거리가 없어 쓴웃음을 지었다.

그때 문득 신호음이 그녀의 고막을 간질였다. 규호로부터 걸려온 전화였다.

"지선아, 미안한데 나 전화 왔다. 내가 다시 걸게."

ㅡ알았어, 한가할 때 전화 줘.

재인이 아이콘을 끌어당겨 통화를 전환하고 대꾸했다.

"네, 이사님."

ㅡ점심 드셨어요?

"네, 먹었어요. 이사님도 드셨죠?"

ㅡ하 작가님이랑 직원들과 같이 먹었지요. 더 브레스 계약도 끝냈습니다.

"알아요, 안 그래도 방금 재건이랑 통화했거든요. 제 동생 잘 챙겨주셔서 감사드려요."

ㅡ오래 기다리시도록 만들지 않겠습니다.

규호의 확고한 음성에 재인은 싱긋 웃었다.

"무슨 말씀이세요. 오래 걸려도 괜찮아요. 남 이사님 능력 출중하시니까 그런 말씀은……."

─게임 얘기가 아닙니다.

"……네?"

재인이 웃는 얼굴 그대로 일순 멍해졌다. 전파 너머에서 규호는 평소의 그답지 않게 침묵하고 있었다.

"그럼 무슨 말씀이신지……?"

─재인 씨 얘기였습니다.

"제 얘기요?"

─더 브레스 제작 발표회 전까지 승낙을 받겠습니다. 재인 씨 오래 기다리시게 만들고 싶지 않습니다.

재인이 입을 꾹 다물고 고개를 떨어뜨렸다.

막연하게 불안해하고 있었던 요소였다.

지금껏 불확실한 미래에 대해 제대로 대화를 나눠본 적이 없었다. 사실상 지금 규호가 처음으로 그 일을 언급한 것이다.

─반드시 허락받겠습니다. 재인 씨 놓칠까 봐 무섭습니다. 내년에는 하 작가님을 처남이라고 부르고 싶습니다.

"남 이사님……."

─제가 그렇게 부른다고 하 작가님이 화낼까요?

"아니, 아니요……."

재인이 시큰거리는 콧잔등을 살짝 구기며 웃었다.

"그럴 까닭이 없잖아요. 절대 화내지 않을 거예요……."

구름에 삼켜져 있던 해가 모습을 드러냈다.

재인은 곱은 손을 머리 위로 들어 따스한 햇살에 들이대고 녹였다. 봄이 빨리 왔으면 좋겠다고, 그녀는 문득 생각했다.

BIG LIFE

어느덧 새해가 코앞이었다.

여전히 재건은 바쁜 나날을 보내고 있었다.

'더 브레스' 수출용 원고를 준비하면서 '마켓 플레이스'의 추가 단편도 부지런히 집필했다.

전당포 주인을 주인공으로 삼은 4번째 단편은 수희의 아버지, 경욱의 도움을 받아 드디어 해를 넘기지 않고 초고를 완성시켰다.

"그간 취재에 응해주셔서 정말 감사합니다."

"이제 다 끝났나? 그럼 빨리 장기판 깔게."

"아니, 아버지. 죄송하지만 어제도 열 판을 내리 뒀는데 좀 봐주세요. 제가 조금 힘듭니다."

"시끄러운 소리 말고 빨리 깔게."

취재의 대가는 언제나 장기였다.

수도 없이 장기를 두면서 재건은 예상 밖의 수확도 얻었다. 좋은 단편을 쓸 수 있었을 뿐만 아니라 경욱과 인간적으로도 더욱 친밀해지는 계기가 되었으니까.

"사돈어른께서는 장기를 안 두시나?"

"저희 아버지도 당연히 두십니다. 제게 장기를 가르쳐 주신 분이신데요."

지난주에 양가의 상견례가 있었다. 재건의 아버지 석재와 경욱 모두 무뚝뚝한 구석이 있어서 당시 긴 대화를 나누지는 못했었지만.

"자네와 비교했을 때 사돈어른 실력은 어떠신가?"

"제가 조금 부족한 쪽인 것 같습니다."

경욱의 얼굴에 '그렇단 말이지?' 하는 도전적인 표정이 스쳐 갔다.

재건은 속으로 쾌재를 불렀다. 이 장기 지옥에서 벗어나기 위해 경욱을 자기 아버지와 이어드려야겠다는 각오를 굳히면서.

"자주 좀 뵙고 싶은데 말이지. 상견례 때 한 번 만나고 소원해지는 건 싫거든."

"등산도 좋아하시니까요. 제가 조만간 한번 말씀드려 보겠습니다."

드르륵!

"아버지, 죄송한데 전화 좀 받고 오겠습니다."

"빨리 오게. 내가 판 깔아둘 테니."

재건은 정원으로 나와 전화를 받았다.

"어, 채린아."

―잘 지내고 있죠? 결혼 준비로 바쁘신가?

"결혼은 아직 멀었어. 내년 여름이나 되어야 할걸. 어쩐 일이야? 도준이가 아니라 네가 전화를 다 하고."

―피, 도준 오빠만 사람이에요? 섭섭하게 들리네. 다름이 아니라 오빠, 오늘 저녁에 시간 되세요? 도준 오빠는 된다고 같이 저녁 먹자고 하던데.

"그래? 나야 좋지. 오늘 괜찮아. 어디서 할까?"

―오빠만 괜찮다면 난 오빠 집에서 하고 싶죠. 오빠네 집 지하실 넘나 좋거든요.

"알았어, 그럼 도준이랑 얘기해서 이따 우리 집으로 와."

―그래서 말인데요, 오빠. 한 사람만 더 데리고 가도 될까요? 이번에 나 혼자 살아에 게스트로 저랑 같이 나올 만한 앤데, 오빠가 한번 직접 보셨으면 좋겠어요.

"나 혼자 살아 게스트로? 누구신데?"

도준과 채린은 자연스레 재건의 '나 혼자 살아' 출연이 결정됐다. 그 이외의 인맥은 없다시피 했기에 재건은 생각하지도 않고 있었다.

채린이 말을 계속했다.

-오빠는 아마 모르실 텐데. 유나라고 걸그룹 데뷔 앞둔 애 하나 있어요.

"유나?"

-저랑 연습생 시절부터 안면은 있었는데 딱히 친하진 않았어요. 팀도 다르고 각자 바빴으니까요. 요전에 저 리얼극장 찍다가 간만에 만났거든요. 아마 오빠도 보시면 마음에 들 거라고 생각해요. 자세한 이야기는 만나서 드리고요.

"무슨 이유로 내 마음에 들 거라고 생각하는지는 모르겠지만…… 그래, 데리고 와도 나는 상관없어."

-고마워요, 오빠. 그럼 이따 다시 전화드릴게요.

"그래, 이따 보자."

전화를 끊은 재건은 기다리는 경욱을 떠올리고 급히 몸을 돌렸다.

그러나 거실로 채 들어서기도 전에 이번엔 메시지가 날아들었다.

-한 작가로 인해 오늘도 세상이 조금은 변했습니다. ^^

'강민호 작가님? 이게 무슨 소리야?'

민호가 보낸 한 줄의 메시지가 무슨 의미인지 이해되지 않았다.

메시지 아래로 링크가 있어서 재건은 즉시 클릭했다. 화면이 한 소설 관련 커뮤니티 사이트의 자유게시판으로 뒤바뀌었다.

[오늘 해태미디어로부터 밀린 전자책 인세를 받았습니다. 2년 동안 아무 말도 없고 돈 한 푼 안 주더니 갑자기 입금을;;;; 액수야 40만 원이 좀 안 되지만 정산을 해줬다는 것 자체가 놀라워서 이렇게 글을 올려 봅니다.]

'흐음……?'

누구인지 모르는 한 작가가 올린 글이었다. 재건은 의아해서 고개를 갸웃거렸다.

정말로 해태미디어가 그날 자신의 말에 겁이라도 집어먹은 건가?

"작가 선생! 장기 내일 둘 건가!"

집 안에서 기다리다 못한 경욱이 소리치고 있었다.

재건은 기겁하고 핸드폰을 거둬들였다. 해태미디어의 일이 궁금하긴 했으나 지금 가장 시급한 일은 경욱과의 장기 한 판이었다.

BIG LIFE

재건과 경욱이 장기를 두는 사이.

인터넷 곳곳의 소설 관련 사이트를 통해 글은 계속해서 올라오고 있었다. 모두가 해태미디어와 계약한 적이 있던 작가였다.

[저도 말 안 하고 있었는데 사흘 전에 입금됐더라고요.]

[전 인세 들어온 게 오히려 기가 막혀서 전화 걸었더니 대답이 더 가관이네요. 그간 정산 체계가 이상해서 좀 입금이 늦었다나;;;]

[저도 오늘 70만 원 조금 넘는 인세 받았어요. 3년 동안 팔린 게 70만 원이라니. 뭔가 웃픈;;;(오열)]

[열 번 넘게 정산해 달라고 애원해도 소용이 없어서 완전 잊고 살았는데 저도 어제 입금됐더라고요. 해태미디어 본사 있는 쪽은 쳐다보지도 않고 살고 있었는데 이게 무슨 일이람.]

[헐, 진짜인가요. 저 해태미디어에서 데뷔했다가 폭망하고 지금은 그냥 직장 다니는데…… 저는 아직 못 받았다능;;;]

해태미디어 편집부 사무실.

신입 직원 대우는 잠시 쉬면서 인터넷에 올라오는 모든 글을 들여다보고 있었다.

그는 이 일의 원인이 무엇인지 알고 있었다. 귓가에는 여전히 배불뚝이 대표와 마종구 실장이 나눴던 대화가 생생했다.

"크으으…… 다 입금해 줘. 이거 재수 없어서 하재건이 물고 늘어지면 그게 더 큰일이니."

"전부 다요? 데뷔작 내놓고 작가 그만둔 사람들은요?"

"척하면 딱이지 왜 쓸데없는 걸 자꾸 물어! 데뷔작 꼴랑 내놓고 사라진 작가들까지 다 챙겨주면 우린 뭐 먹고 살아! 그쪽은 일단 놔둬봐."

"아, 알겠습니다. 대표님."

울화통 터진 대표와 쩔쩔매는 종구의 모습이 떠오르자 대우는 또 웃음을 감출 수 없었다. 야근으로 텅 빈 사무실에 혼자뿐이어서 그는 소리 내어 웃었다.

"하재건 작가님 때문이라고 소문 퍼지는 것도 시간문제겠네……. 저녁이나 먹고 와야겠다."

대우가 지갑을 챙겨 들고 일어섰다. 그리고 그의 짐작은 들어맞았다.

한 익명 사이트를 통해 새로 올라온 글의 제목은 풍천유 작가를 언급하고 있었다.

105장
사람을 잘 봅니다

"채린 언니, 정말 제가 가도 되는 자리인지 모르겠어요."

유나가 차에 오르지 못하고 우물쭈물 말했다. 운전석에 올라서 시동을 건 매니저는 뒷좌석의 채린에게 물었다.

"하 선생님 댁으로 바로 가는 거지?"

"어, 오빠. 뭐해, 한유나. 빨리 타."

채린이 유나의 팔을 잡아당겨 억지로 차에 태웠다. 문이 닫히자마자 매니저는 액셀을 밟아 차를 출발시켰다.

"그렇게 얼어붙어 있을 거 없어. 그냥 저녁 먹는 자리라니까?"

"저 같은 피라미가 섞이기엔 좀⋯⋯."

"하 작가님 꼭 뵙고 싶다고 노래 부를 땐 언제고?"

"그렇지만 전 아직 아무것도 없잖아요. 정식으로 데뷔하지도 못했고…… 주제넘다고 생각하시지 않을까요."

채린이 몸을 돌려 앉고는 유나의 두 손을 꾹 잡았다.

"재건 오빠 그런 사람 아니야. 만나 보면 알겠지만 사람 되게 편안하게 해줘. 오히려 너무 편안하게 배려해서 탈인 분이지."

"……."

"쓸데없는 걱정은 이쯤에서 그만해. 얘기 잘 풀리고 나면 나한테 한 턱 단단히 쏠 각오나 하시고."

"그럼요, 언니……. 전 받은 거 절대로 안 잊어요."

일산에서 출발한 차는 퇴근 시간대의 도로를 힘겹게 뚫고 서울 구로구에 진입했다.

어느덧 시야의 끝자락으로 고즈넉하게 선 재건의 집이 보이기 시작했다.

"저기야, 재건 오빠 집."

"와…… 엄청 좋다."

"외관보다 내실이 더 엄청나. 들어가 보면 아마 기겁할 거다."

한두 번 와본 것이 아니어서 매니저는 자연스레 차고로 이동했다. 시동을 끄고 잠시 후, 현관문이 열리며 수희가 그들을 맞으러 나왔다.

"이 팀장님, 안녕하세요!"

"채린 씨는 몇 번을 만났는데 아직도 이 팀장이래. 그냥 언니라고 부르라니까."

수희가 걸치고 있던 앞치마 자락에 젖은 두 손을 닦으며 반겼다. 채린은 그녀의 두 손을 맞잡으며 소녀처럼 해맑게 웃었다.

"죄송해요, 언니. 아, 매번 느끼지만 언니 피부 어쩜 이렇게 좋아요? 오늘 언니 노메이크업이죠?"

"손님들 오시는데 양심도 없이 어떻게 노메이크업을 해요. 노메이크업인 것 같은 메이크업 정도?"

수희와 채린이 맞잡은 손을 흔들며 까르르 웃었다.

재건과 도준의 연인이기에 두 여자는 자연스레 여러 번 만났다. 이제는 쇼핑이나 요리 정보를 공유하고 안부 전화도 나눌 만큼 가까운 사이가 되어 있었다.

"안녕하십니까, 이 팀장님."

"안녕하세요, 처음 뵙겠습니다. 한유나라고 합니다."

채린의 매니저와 유나가 고개 숙여 수희에게 인사했다. 수희가 잡았던 채린의 손을 놓고 그들에게 화답했다.

"어서들 오세요. 한유나 씨죠? 얘기는 들었어요. 저는 이수희라고 해요."

유나는 약간 얼이 빠져 있었다.

재건의 연인이자 '원피스녀'라는 키워드로 인터넷에 올라온 수희의 얼굴은 몇 번이고 봤다.

무척 아름답다고 생각했다. 왜 이런 여자가 연예인이 되지 않았을까, 집안에서 반대한 걸까, 수줍음을 많이 타나 등등 온갖 의구심이 들 만큼.

'사진이 엄청 못 찍혔던 거구나……!'

실제로 대면한 이 순간 유나는 진정으로 깨달았다. 사진에서 보였던 미모는 아무것도 아니었다는 것을.

눈앞에서 살아 움직이는 수희의 아름다움에 같은 여자임에도 불구하고 가슴이 뛰는 유나였다.

"재건 오빠는요? 안에 계세요?"

"여태 우리 아빠한테 잡혀 있다가 이제 막 출발했대요. 연희동이니까 오래 걸리진 않을 거예요. 들어오세요."

돌아서서 몇 걸음 걷다 말고 수희가 한쪽 눈두덩을 들썩였다. 첫 대면부터 묘한 위화감을 느꼈는데 그 원인을 지금 알아챈 것이다. 오늘은 도준도 오는 자리 아닌가.

"저기, 채린 씨."

수희가 채린을 끌어당겨 귀엣말로 물었다.

"어떻게 된 거예요?"

"네? 뭐가요?"

"한유나 씨 저분 말야. 채린 씨랑 도준 씨 사이……."

"아아, 그 얘기셨구나."

알아들은 채린이 설명에 앞서 쓰게 웃었다.

"그냥 우리 공개 연애 할까 봐요."

"공개 연애? 갑자기 왜?"

"이것 좀 먼저 보세요, 언니."

채린이 핸드폰을 꺼내 한 인터넷 화면을 보여주었다. 도준과 채린이 연인 관계라는 출처 불명의 루머가 가득 떠돌고 있었다.

"내내 잠잠하다 최근 들어 부쩍 심해졌어요. 기자들도 득달같이 들러붙고."

"그랬구나……. 출처가 어딜까?"

"좋은 쪽은 아니겠죠. 뭐, 괜찮아요. 어차피 평생 숨길 수 있다고 생각했던 것도 아니구요."

"채린 씨 소속사 대표님은 뭐라고 하셔요?"

"너무 신경 쓰지 말고 물 흐르듯 가자셔요. 엄청 혼날 줄 알았는데 우리 사장님 은근히 훈훈하시다니까요."

수희는 더 묻지 않고 고개를 끄덕였다. 연인 관계가 드러나더라도 도준에게는 거의 영향이 없을 것이다.

하지만 애플티라는 걸그룹의 리더이자 아이돌 스타인 채린은 어떨까.

"혹시라도 제 걱정하고 계시는 건 아니죠, 언니?"

채린이 수희의 속을 읽기라도 한 것처럼 씩 웃으며 물었다.

"제 나이가 몇인데 언제까지고 걸그룹 리더로서만 살아갈 수 있겠어요? 저 노래 제대로 해보려고 해요. 진짜 가수로서

인정받고 싶은 그런 생각이에요."

"채린 씨 노래 정말 잘하니까. 겨자 목욕탕 OST 부르고 난 다음부터 아직도 계속 회자되고 있잖아요. 걸그룹 멤버라서 오히려 두각을 드러내지 못했다고. 난 채린 씨 잘될 거라고 믿어."

두 사람이 대화를 나누는 사이.

유나는 감탄스런 눈길로 집 안을 둘러보느라 여념이 없었다.

드넓고 화려한 거실 너머로 문이 열린 방이 보였다. 훤히 들여다보이는 방 하나의 크기가 유나가 살고 있는 4인용 숙소와 맞먹었다.

'나도 꼭 성공해야 할 텐데…….'

멀거니 방을 바라보면서 유나는 문득 생각했다.

불현듯 시야 끝자락에서 무엇인가가 들썩였다. 정신을 차리고 보니 새하얀 고양이가 이부자리 속에서 엉금엉금 기어 나오고 있었다.

"예뻐라……!"

애완동물을 좋아하는 유나가 자기도 모르게 탄성을 내뱉었다. 침대에서 뛰어내린 눈솔은 유나를 한동안 쳐다보더니 길게 하품을 했다.

"아, 눈솔이 일어났나 보다. 걔 완전히 잠보예요."

"이름이 눈솔이에요? 이름도 너무 예뻐요."

소파에서 일어선 채린도 다가서며 한마디 보탰다.

"원래 이름은 철수였대. 하여간 재건 오빠 작명 센스는 알아줘야 한다니까. 눈솔아, 누나 왔어. 이리 와봐."

"아, 남자애였구나. 눈솔아, 누나한테 오지 않을래?"

눈솔이 꼬리를 말아 올리고 저벅저벅 걸어왔다. 채린과 유나가 부드럽게 쓰다듬어주자 그 자리에 벌러덩 드러누웠다. 세상에서 가장 기분 좋은 표정을 하고 있었다.

부르릉!

"아, 재건이 왔나 보다."

자동차 소리를 들은 수희가 현관 바깥으로 나섰다.

두 대의 차가 연달아 들어오고 있었다. 멈춘 차에서 리카를 품에 안은 재건이 먼저 내렸다. 그 뒤의 차에서는 도준과 태봉이 함께 내려섰다.

"어서 오세요. 어떻게 같이 오셨어요?"

"우리도 신기해요, 수희 씨. 들어오는 길 초입에서 앞서가는 차가 눈에 익다 싶더니 재건이더라고요."

"넌 신기하기나 하니까 낫지. 난 백미러 보고 기겁했다."

현관문 앞에서 유나는 정자세로 두 손을 모으고 서 있었다. 긴장한 기색이 만연했다.

재건이 가까워 오자 그녀는 한발 먼저 허리를 앞으로 숙이며 공손하게 인사했다.

"안녕하세요, 하재건 선생님. 저는 한유나라고 합니다. 나이는 22살이고요. 하이퍼소다라는 이름의 그룹으로 데뷔 준비하고 있어요. 이렇게 뵙게 돼서 무척 영광스럽습니다. 초대해 주셔서 정말로 감사드립니다."

미리 준비한 대사처럼 인사말이 줄줄이 흘러나왔다. 오디션 참가자의 자기소개라고 봐도 무방할 정도였다.

아직 데뷔도 하지 않은 유나로서는 경직될 수밖에 없는 상대였다.

소설 시장은 물론이고 영화와 게임으로 국내외를 휩쓸면서 독보적인 위치에 올라선 재건이다.

존재만으로 방송가에 끼치는 영향도 보라 덕분에 실감했다. 무한한 경외감이 느껴지면서도 한편으로는 두려운 사람이었다.

"안녕하세요, 하재건입니다."

재건이 조금은 당황한 듯 웃으며 인사를 받았다. 손을 내밀어 악수를 청하면서 그는 말을 이었다.

"채린이 편 리얼극장에 나오셨던 거 잘 봤습니다. 춤 정말 잘 추시더라고요. 저는 몸치라서 얼마나 부럽던지."

"아, 고맙습니다…… 선생님. 저만큼 추는 애들은 엄청 많아요……."

"선생님이라고 하지 마세요. 그리고 저 팔 아픕니다. 계속 이렇게 내밀고 있을까요?"

"아, 죄송해요……! 정말 죄송합니다."

유나가 황송해하며 재건의 손을 맞잡았다.

맞붙은 손바닥을 타고 온기가 전해져 왔다. 채린 언니 말
대로 마음이 따스한 사람이구나 하고 문득 근거도 없는 생각
을 해버리는 유나였다.

"리카, 유나 언니는 처음 보는데 인사해야지?"

재건이 내내 안고 있던 리카를 내려놓으며 농담조로 말을
이었다.

"우리 리카가 사람을 잘 봅니다. 좋은 사람은 딱 알아보고
먼저 가서 귀여운 척 애교 부리고 그래요."

말을 들은 유나가 쪼그려 앉았다. 가느다란 리카의 두 눈
과 시선이 마주치자 그녀는 무심코 몸을 떨었다.

반가워하는 눈빛이 아닌 듯했다. 짙푸른 털도 어딘가 곤두
선 기색이었다.

"리카야…… 안녕?"

유나가 조심스레 두 손을 뻗었다.

하지만 손가락 끝이 닿기 직전 리카가 먼저 몸을 틀었다.
우아하고 고고한 걸음걸이로 유나를 지나쳐 집 안으로 횅하
니 들어가 버리는 것이었다.

"아…… 리카가 오늘 컨디션이 별로 안 좋은가 봅니다."

재건이 뒷머리를 긁적이며 머쓱하게 말했다. 앞서 괜한 농담을 했다고 속으로 후회하면서.

민망한 웃음을 빼물고 도로 일어난 유나가 뒤를 돌아보았다. 리카는 이미 그녀의 시야에 들어 있지도 않았다.

맛있는 저녁 식사를 끝내고 난 뒤.

"왜 소개시켜 줬는지 알 것 같다. 채린이한테 뒤처지지 않는 문학소녀네. 말도 잘하고."

재건과 도준은 둘이서 테라스에 앉아 찬바람을 쐬고 있었다. 지하 휴게실에서는 2차로 시작된 가벼운 술자리가 이어지는 중이었다.

"아까 내 소설 읽은 감상을 댄스로 표현하는데 감탄을 금치 못했다. 내 소설 진짜 많이 읽었더라. 핸드폰으로 보여주던데 구매 일자 보니까 다 작년이야."

"그 짧은 시간에 구매 일자까지 보다니, 과연 하재건. 아무튼 애가 인성이 됐어. 채린이 때문에 몇 번 얼굴 봤는데 괜찮더라고."

도준이 재건의 어깨에 팔을 두르며 말을 이었다.

"이런 부탁해서 미안하다."

"무슨 소리냐, 게스트 부족해서 심심해질 방송에 활력 넣어준 사람이. 내가 너한테 고마워해야지."

"아무리 공개 연애로 전환한다고 해도 가능하면 좀 미루는 게 좋을 것 같아서. 나도 출연하는데 채린이도 또 혼자 출연하는 건 좀 그렇잖아."

"그래, 기획 자연스럽고 좋아. 채린이랑 유나 씨 연습생 시절부터 친했고 책 좋아하는 취미도 같고."

재건은 밤하늘에 떠오른 무수한 별을 올려다보고 있었다. 한참을 침묵한 끝에 그는 하늘에 대고 나직이 중얼거렸다.

"나 때문에 너한테 적이 생기네."

"뭔 소리야? 아, 나랑 채린이 관계 루머 퍼뜨린 사람들 말하는 거냐?"

재건이 웃음으로 긍정하자 도준은 더욱 크게 웃었다.

"여우를 적으로 만든 대신 사자를 동료로 얻었다. 뭐가 걱정인데?"

"난 사자보다 호랑이가 좋은데."

"사자가 더 세지 않아? 싸움 붙이면 다 사자가 이긴다는 거 같던데."

"서식지 달라서 만날 일도 없지 않나. 아무튼 이제 그만 들어가자. 질풍노도 찍어야 되는데 너 감기 걸리면 안 되지."

"자기 명성을 위해서 친구의 건강을 걱정하는 하재건 인성 봐라."

도준이 짓궂게 웃으며 재건의 등 위로 폴짝 뛰어올라 업혔다. 재건은 한사코 중심을 잡고 친구를 등에 업은 채 계단을 내려갔다. 꿋꿋한 걸음걸이에는 흔들림이 없었다.

BIG LIFE

[첫 방송된 드라마 스무 살의 여름 시청률이 무려 17.8%입니다. 심지어 동시간대 방영 중인 두 드라마가 선방하고 있는 와중이고, 이건 정말 어마어마한 수치라고 볼 수 있겠는데요. 최 기자님은 어떻게 생각하시나요?]

[우선 하재건 작가가 쓴 원작 소설이 엄청나게 팔려서 베스트셀러고요. 아직도 꾸준하게 인기를 끌고 있지 않습니까? 박도준 씨가 주연을 맡은 영화로도 일찍이 개봉됐고요.]

[네, 저도 책과 영화 둘 다 접했습니다.]

[비록 영화는 평가가 좋지 못했지만 흥행에는 성공했죠. 뭐 지금 이렇게 말씀드린 모든 것을 종합적으로 봤을 때, 시청자들의 관심을 끌어올 만한 측면이 많았던 것 같습니다.]

케이블 TV에서 생방송으로 대화가 진행되고 있었다.

보라는 퀭한 눈으로 화면을 보며 초조하게 엄지손톱을 깨물었다. 그녀 혼자 덩그러니 놓인 오피스텔은 황량했다. 여기저기 빈 맥주 캔과 쓰레기가 나뒹굴고 있었다.

[연출을 맡은 이은하 감독에 대한 이야기도 많습니다. 이번에 직접 소감을 말씀하셨다지요? 다 그만두고 고향으로 내려가려던 찰나에 하재건 작가의 소개로 기사회생했다고요?]

[네, 저도 개인적으로 몇 번 취재차 뵈었던 적이 있는데요. 직접 밝히셨다시피 이은하 감독이 고생을 엄청나게 하신 분입니다. 근데 또 워낙 시나리오나 연출 부분에서 다재다능하시고, 이런 이은하 감독의 재능을 하재건 작가가 우연히 알게 됐다는 그런 얘기였지요.]

보라가 손을 뻗어 맥주 캔을 잡았다. 어느새 다 마신 캔은 텅 비어 있었다. 그녀는 캔을 힘껏 찌그러뜨리고는 아무렇게나 내던졌다.

드르륵!

핸드폰이 울리며 매니저로부터 전화가 걸려왔다. 기다리고 있었던 터라 보라는 냉큼 받았다.

"어떻게 됐어?!"

보라가 전화를 받자마자 물었다.

전파 저편에서 매니저는 길고 무거운 한숨을 내쉬었다.

−건강백서 패널도 안 되겠다.

"그게 무슨 소리야?"

−너하고 이미지가 안 맞는다더라.

"또 그 소리야?! 어떻게 하나같이 거절 이유가 똑같은데?!"

─고막 나가겠다, 보라야. 목소리 좀 낮춰.

"광고는? 동아오사카에서 계약은 연장한대?"

─그건 아직 대화하고 있고…….

"왜 말끝을 흐리는데? 어떻게 된 건지 속 시원하게 말 좀 해봐! 진짜 미치고 환장할 거 같단 말이야!"

보라가 참지 못하고 울부짖었다.

보이지 않는 손이 하루 24시간 목을 조르는 듯한 나날이었다. '다섯 바퀴'에 이어 '건강백서'까지 출연할 길이 막혔다.

스폰서인 씨앤굿의 조철원 이사에게도 힘을 써달라고 진즉에 부탁해 두었지만 소용이 없었다.

"아, 몰라! 끊어! 제대로 된 섭외 들어오기 전엔 아예 전화도 걸지 마!"

보라가 악을 쓰고는 핸드폰을 내던졌다. 머리를 마구 뒤형클며 자학하는 사이에도 TV에서 생방송은 계속되고 있었다.

[……그리고 또 언급하지 않을 수 없는 부분이 이예지 역할을 맡은 심연경 씨인데요. 출중한 연기력으로 엄청나게 화제가 되고 있죠?]

'……?!'

보라가 소스라치게 놀라 고개를 들었다. 이예지라는 이름 세 글자는 그녀에게 악몽이었다.

영화 '스무 살의 여름'에서 자신이 맡았던 배역인 것이다. 진행자의 이어질 말이 두려워서 사방을 두리번거리며 TV 리모컨을 찾는 보라였다.

[소름 끼치는 연기력에 몰입한 시청자들의 찬사가 쏟아지고 있습니다. 심연경 씨가 아직 신인인데 해맑으면서 언제나 긍정적인 이예지 역을 아주 훌륭하게 소화해 냈다는 평입니다.]

[그러게 말입니다. 그리고 최 기자님, 인터넷을 보면 영화판 이예지 역할을 맡은 배우 채보라 씨와 드라마판 이예지인 심연경 씨를 비교하는 글이 참 많이 보입니다. 이건 또 어떻게 생각하십니까?]

[당연히 말이 나올 수밖에 없는 이야기입니다. 당시 채보라 씨가 속칭 발연기로 엄청나게 논란이 됐었던 만큼 같은 역할을 맡은 두 배우가 극과 극의 상반된 평가를 받고 있으니, 시청자 여러분 입장에서는 당연히…….]

팟!

리모컨을 찾아낸 보라가 TV를 꺼버리고 일어섰다.

카디건을 걸치고 지갑을 챙긴 그녀는 집을 나섰다. 술이 부족했다. 더 마시지 않고는 도저히 길고 긴 밤을 버텨낼 수 있을 것 같지가 않았다.

"어? 보라 언니!"

주상복합 오피스텔 내부의 편의점에서 여대생으로 보이는 두 손님이 보라를 알아보았다. 그녀들은 어쩔 줄을 모르고 좋아하며 잰걸음으로 다가와 말을 걸었다.

"보라 언니, 저희 완전 팬이에요."

"여기 사시는 거예요? 요즘 많이 힘드시죠?"

보라는 고개를 숙인 채 묵묵히 계산을 끝냈다. 싸늘한 표정으로 돌아서는 그녀의 뒤에서 두 여대생은 얼어붙었다.

"……뭐야? TV에서 본 거랑 완전 다르네?"

"좀 피곤해 보이던데. 술 냄새 나지 않았어?"

"아무리 그래도 그렇지. 불우이웃 돕고 막 눈물 흘리는 모습이랑 너무 천지 차이 아니야?"

보라는 자신에 대해 툴툴대는 줄도 모르고 복도를 부지런히 가로질렀다.

꺼내 든 핸드폰으로는 유나의 전화번호를 찾고 있었다. 길게 울리기만 하는 신호음은 엘리베이터가 도착할 즈음 안내 음성으로 연결되었다.

유나는 전화를 받지 않았다.

106장
마음대로 해

"아, 진짜 이 감독님. 이제 돈도 잘 버시면서 인간적으로 탕수육에 자장면은 너무하신 거 아닙니까?"

"그럼 대체 뭔 호화로운 음식을 바라세요? 어디 레스토랑에 전화해서 스테이크라도 배달시킬까요?"

갓 배달된 자장면 그릇의 랩을 뜯어내며 은하가 말했다.

부천 작가 사무실이었다. 드라마 촬영 중 간만에 짬을 낸 은하가 찾아온 참이었다. 그녀와 함께 식탁에 둘러앉은 작가들 사이에는 재건도 자리하고 있었다.

"축하드려요, 이 감독님."

자장면을 비비면서 재건이 말을 건넸다.

은하는 싱긋 웃으며 고개를 가로저었다.

"축하받을 일 없어요. 원작이 좋아서 뜨는 거죠."

"무슨 말씀이세요. 이 감독님 연출이 탁월한 덕분이지."

"축하는 아니더라도 칭찬받을 일은 하나 있네요. 최소한 모 감독님처럼 그 좋은 원작 말아먹지는 않을 테니까요."

자장면 한입을 우물거리며 현경이 끼어들었다.

"시청률 어디까지 올라갈까요? 지금 첫 방송부터 난리도 아니잖아요."

옆의 민호가 고개를 끄덕이며 말을 보탰다.

"시청률 30% 이상도 가능할 것 같은데요. 솔직히 하 작가 님이랑 이 감독님 앞에서 좀 죄송스럽긴 하지만 이렇게까지 호응이 좋을 줄은 몰랐어요. 동시간대 경쟁 작품도 있고, 요 즘은 공중파 드라마만 보는 게 아니잖아요."

부지런히 먹으면서 듣고만 있던 은영도 한마디 거들었다.

"시청률 30%는 일도 아닐 것 같아요. 대박도 보통 대박이 아니라 초대박 조짐이 보인다니까요."

재건은 웃으며 자장면을 한입 가득 밀어 넣었다.

실제로 드라마의 흥행으로 인한 성과는 벌써부터 나타나 고 있었다.

단적인 예가 원작 도서의 판매량이 다시금 증가하기 시작 했다는 점이었다.

드라마를 시청한 대중이 자연스레 관심을 갖고 원작 도서

구매자로 이어지고 있었다.

"윤태성 감독님은 별일 없으시죠?"

재건이 화제를 전환할 겸 태성의 안부를 물었다.

은하는 즉시 뾰로통한 표정이 되어 면발을 후루룩 빨아들였다.

"작업할 때 스타일 아시잖아요. 다른 생각 못 하고 온종일 촬영 또 촬영이죠. 한번 질풍노도 현장 찾아갔었는데 제 얼굴 보고도 본체만체 하더라고요. 정신이 반쯤 나가서는."

"윤 감독님 집중력 엄청나시죠. 저도 바다가 있었다 찍을 때 동해 현장에서 보고 기겁했었습니다."

"한번 집필 시작되면 끝장을 봐야 하는 하 작가님이 기겁하실 정도까지는 아니고요. 말이 나왔으니 얘기지만, 하 작가님도 건강 챙기세요. 뭐, 이제 옆에서 항시 보살펴 드릴 반려자가 생겨서 다행스럽긴 하지만요."

즐거운 분위기 속에서 식사가 끝났다.

테라스에 서서 커피를 마실 때, 재건은 문득 사무실 분위기가 더없이 황량하다는 느낌을 받았다. 본능적으로 주변을 둘러보고 나니 이유를 알 것 같았다.

'연우가 있었으면 시끌벅적했을 텐데.'

신인 작가 4명을 포함해 이토록 사람이 많은데도 연우 한 사람보다 활기가 부족하다는 인상이었다.

사무실에서 연우의 얼굴을 보는 빈도가 갈수록 줄어들고 있었다. 가족이 있는 수원 본가에서 머무르는 나날이 늘어난 까닭이다. 일주일에 사나흘 출근하는 것이 고작이었다.

'정말 아무 일도 없는 건가.'

딱히 문제가 있나 짚어낼 구석은 없었다. 일전에 직접 물어봤을 때도 별일 없다는 대답만 해왔다. 표면적으로는 차질 없이 흘러가고 있었다. 실제로 출간 중인 글도 늦지 않고 부지런히 쓰는 연우였다.

다만 재건에게 거슬리는 것은 최근 들어 보이기 시작한 연우의 미소였다. 과거와는 다르게 어딘가 어색하고 작위적인 웃음 같았다. 말할 수 없는 아픔을 숨기기라도 하려는 사람처럼.

"소미 씨는 요즘 엄청 바쁘신가 보네. 그 귀여운 얼굴 좀 보고 싶은데."

등 뒤에서 은영이 중얼거리듯 말하고 있었다.

재건은 커피 한 모금을 마시며 고개를 주억거렸다. 그러고 보니 사무실에서 멀어지고 있는 사람은 연우만이 아니었다.

드르륵!

주머니 속에서 핸드폰이 울렸다.

재건은 두 사람에 관한 생각을 그만두고 전화를 받았다.

"네, 관장님."

−안녕하십니까, 하 선생님. 점심은 드셨는지요?

"먹었습니다. 이제 곧 도서관으로 출발하려던 참이었습니다."

이윽고 전화를 끊은 재건은 양치질부터 했다.

오늘은 도서관에서 강연이 있는 날이었다. 평소의 편안한 복장 대신 정장을 입은 것도 강연 때문이었다.

"재건이 형, 여기 치약 묻었어요."

"엇, 뭐하다가 튀었지. 땡큐."

재건은 현경이 건네준 물티슈로 어깨를 닦았다. 최종적으로 거울에 비친 모습을 점검하는 그에게 현경은 말을 이었다.

"형 보면 참 대단하신 거 같아요."

"또 무슨 간지러운 소리를 하려고."

"드라마 성공하면서 CF 제의가 물밀 듯이 들어오는데 전부 거절하셨잖아요. 그러시면서 이런 돈도 안 되는 강연 같은 건 열심히 나가시는 모습이 참, 뭐라고 해야 되나……."

"뭐라고 해야 될지 모르겠으면 그만 말해도 된다."

"아무튼 형 보면서 매번 배워요. 돈이 다가 아니라는 거."

"그거 전직 가내 금융업자였던 네 캐릭터랑 안 맞는 대사 아니야?"

"아, 형. 주식 얘기는 이제 그만 좀 하세요."

잠시 후.

재건은 작가들의 전송을 받으며 즐겁게 사무실을 나섰다.

차를 몰고 도서관으로 향하는 내내 휘파람이 멈추지 않았다. 자신의 글을 좋아해 주는 독자들과의 만남은 여전히 기쁘고 설레는 일이었다. 예전 강연에 참석했던 독자들이 이번에도 많이 와줬을까.

예정된 시간보다 30분쯤 일찌감치 도서관에 도착했다.

입구와 주차장에서부터 진을 이룬 독자들이 일시에 재건에게로 시선을 모았다.

강연이 시작되려면 아직 꽤나 시간이 남았는데도 벌써 수십 명이 도착해 있었던 것이다.

"아, 하재건 작가님 오셨다! 안녕하세요!"

"선생님, 이번에 또 강연해 주셔서 너무 좋아요. 저 예전 강연도 참석했었는데 혹시 기억하시겠어요?"

"저는요? 저는 우리 애 논술 지도법 좀 알려주십사 하고 여쭤봤었는데. 호호호, 선생님 이제 곧 결혼하신다면서요? 아내 되실 분 너무 예쁘시더라."

"스무 살의 여름 너무 재밌게 보고 있어요. 선생님도 혹시 보세요? 자기가 쓴 작품 자기가 보면 어떤 느낌이세요?"

입이 열 개라도 일일이 대답해 주는 건 불가능할 터였다.

재건은 양해를 바라는 미소로 무장한 채 힘겹게 인파를 뚫고 도서관 입구로 나아갔다. 그리고 홀 한가운데서 이정배 관장과 만났다.

"아이구, 어서 오십시오. 먼 길 오시느라 고생하셨습니다."

"안녕하세요, 관장님."

"여긴 번잡스러우니 저랑 잠시 가셔서 차 한잔하시지요."

관장이 재건을 사무실로 안내했다.

커피 한 잔을 대접하면서 그는 입을 열었다.

"다망하신 와중에 다시 한번 진심으로 감사드립니다. 그리고 오늘…… 말씀드렸다시피 구청장님이 오십니다."

"네, 기억하고 있습니다."

짤막하게 대답하고 난 재건이 커피 한 모금을 홀짝였다. 더 할 이야기도 없었다.

구청장이 누구인지 얼굴을 본 적도 없는 그에게 관장은 말을 잇고 있었다.

"그래서 말입니다. 강연이 시작되기 전에 구청장님께서 한 말씀을 하시고 싶다고……."

"……?"

일순 재건의 눈빛이 변했다.

독자들을 위한 강연에서 구청장이 무슨 말을 한단 말인가.

심경의 변화를 알아본 관장이 두 손을 흔들어 보이며 다급히 덧붙였다.

"그러니까 환영사 말입니다. 하재건 선생님께서 지역구 문화의 발전을 위해 시간을 내주신 오늘을 위해서 그…… 먼저 단상에 올라 지역 구청장으로서 하재건 선생님을 위한……."

"무슨 말씀이신지 이해했습니다."

재건이 또 장황해지려고 하는 관장의 말을 끊고 대꾸했다.

관장은 몹시 난감한 얼굴이 되었다. 혹여 재건의 비위를 거스른 게 아닐까 적잖이 조마조마한 심정이었다.

"그렇게 해주세요."

재건이 잠시 생각한 끝에 수락했다.

썩 내키는 처사는 아니었으나 곤혹스러워하는 관장의 모습이 안타깝기도 했다. 따지자면 구청장은 이미 오기로 한 사람이다. 일정이 틀어지면 관장의 입장도 애매하리라.

10여 분쯤 시간이 지난 후.

노크 소리와 함께 중년의 남자 둘과 젊은 여성이 나타났다.

각각 구청장과 총무과 과장, 그리고 구청장의 비서였다.

"안녕하십니까, 하 선생님. 이 지역 구청장으로 일하고 있는 양범식입니다. 이렇게 만나 뵙게 되어 무척 기쁩니다."

"안녕하세요. 하재건이라고 합니다."

구청장이 내민 손을 맞잡으면서 재건은 거울을 보고 싶어졌다. 지금 자신의 낯 위에 머물고 있는 미소가 남들에게 어떻게 여겨질지.

석연찮은 예감은 뇌리에서 사라지지 않고 있었다.

BIG LIFE

"……이게 제 명함입니다, 여러분. 핸드폰 번호가 찍혀 있지요? 주민들이 전화를 주시면 제 비서를 거치지 않고 제가 바로 받습니다. 기다리지 않고 찾아가는 시스템. 저 양범식이 지역구 여러분 앞에서 가장 자신 있게 말씀드릴 수 있는 정책입니다."

단상 바로 앞의 좌석에 앉은 재건은 한없이 굳은 표정이었다.

어느 정도는 예상했지만 이 정도로 노골적일 줄이야.

강연에 대한 축사와 문화 전반에 대한 이야기는 몇 분 만에 끝났다. 그 후로 구청장은 줄곧 자신의 정책에 대해서만 늘어놓는 중이었다.

'단상에서 내려와 있기를 잘했지.'

강연이 시작되기 전.

구청장과 관장은 재건에게 단상 위의 의자에 앉아주기를 바랐다.

당연히 재건은 일언지하에 거절했다. 정치적인 욕구를

품었을지도 모를 구청장이 무슨 말을 할지 예측할 수 없으니까.

객석을 가득 채운 독자들이 단상에 앉은 자신을 보고 구청장을 지지한다고 착각하게 만들고 싶지는 않았다.

"……그러면 이제부터 하재건 선생님의 강연을 시작하겠습니다. 여러분, 박수로 환영해 주시기 바랍니다."

구청장의 말과 함께 박수갈채가 쏟아졌다.

단상 위로 오르는 재건은 입맛이 썼다. 치아를 훤히 드러내며 웃는 구청장의 얼굴 쪽은 아예 쳐다보지도 않았다.

"안녕하세요, 여러분. 하재건입니다. 제 지역의 도서관에서 이렇게 두 번째 강연을 하게 됐습니다. 정말 반갑습니다."

재건은 준비한 자료를 발판으로 최선을 다해 강연했다. 그간 축적된 경험 덕분에 어려운 점은 없었다. 청중의 웃음과 공감을 유발하며 그럭저럭 1시간 반의 강연을 성공적으로 마칠 수 있었다.

"고생 많으셨습니다, 하 선생님."

"아닙니다, 관장님. 좋은 자리 마련해 주셔서 감사합니다."

관장과 인사를 나누고 돌아선 재건의 앞을 한 남자가 가로막았다. 구청장을 수행할 겸 함께 나온 총무과 과장이었다.

"하재건 선생님, 오늘 구청장님께서 지역 발전을 위한 강연 정말 감사드린다고 자리를 마련하셨습니다. 다 함께 가셔서 저녁 드시지요."

"죄송합니다만 저는 선약이 있어서 안 되겠습니다."

"구청장님이 바쁘신 와중에 어렵게 마련하신 자리입니다. 하 선생님께서 불참하시면 무척 실망하실 겁니다. 지역신문에서도 기자가 몇몇 나왔는데 사진부터 함께 찍어주시지요."

과장이란 사람은 쉽게 물러서지 않았다.

재건은 한 가지 사실을 은연중에 깨달았다. 이 남자의 세상에서는 구청장이 하늘이다. 그 외의 다른 사정은 안중에도 없는 것이다.

"미리 언질이라도 주셨으면 모르겠지만 오늘은 제가 좀 어렵겠습니다."

재건이 다시금 사양을 표하고 난 바로 그때, 등 뒤에서 뻗어온 손가락이 재건의 어깨를 살며시 건드렸다.

돌아보니 낯익은 얼굴의 젊은 주부가 아기를 품에 안고 서 있었다.

"안녕하세요, 선생님. 혹시 저 기억하시겠어요?"

"아아, 네. 그럼요, 기억하고 있지요."

재건이 반갑게 웃으며 주부의 품에 안긴 아기에게 시선을 내리깔았다. 당시 감기 몸살을 앓고 있던 재건 대신 연우가 안고 달래줬던 바로 그 아기였다.

"그새 이렇게 컸어요? 얼굴 이쁜 것 좀 봐. 와, 이 손가락."

"아이는 빨리 자라니까요. 오늘 강연도 너무 훌륭하셨어요, 선생님. 오늘은 마침 회사도 휴일이어서 특히 좋았어요. 좋은 말씀 들려주셔서 정말 고맙습니다."

다시 찾아온 독자 앞에서 재건은 기쁨을 감추지 못하고 환히 웃었다.

아기도 까르르 웃으며 그 조그마한 손가락으로 재건의 뺨을 쓰다듬고 있었다.

곁에 서 있던 과장은 심기가 불편해졌다. 금세 인내심이 바닥난 그는 참지 못하고 주부를 향해 손을 내저으며 나무랐다.

"아줌마, 지금 얘기는 좀 나중에 하시고요. 하 선생님 바쁘시니까요. 네?"

재건의 얼굴에서 핏기가 말끔히 사라졌다.

뒤이어 민망함을 느낀 주부도 얼굴을 붉게 물들이며 뒷걸음질을 치고 있었다.

"아, 죄…… 죄송해요. 저는 그런 줄도 모르고…… 앗!"

주부의 발뒤꿈치가 미처 보지 못한 계단에 걸렸다. 허우적거리는 그녀의 몸을 재건이 재빨리 잡아주었다.

"고, 고맙습니다."

"혹시 시간 괜찮으세요? 지금 바로 돌아가셔야 합니까?"

"네? 아, 아니요……?"

"그럼 제가 여기 휴게실에서 차라도 한잔 대접하겠습니

다. 같이 나가시죠."

재건이 주부와 함께 출구 쪽으로 돌아섰다.

과장은 어이가 없어서 멍하니 바라보다 말고 급히 따라붙었다.

"저기, 선생님? 제가 조금 전에 말씀드렸다시피 구청장님께서 오늘 자리를 마련하……."

"안 갑니다."

서늘한 눈초리로 돌아보며 재건이 대답했다.

"못 가는 게 아니라 안 갑니다. 저 오늘 이 자리에 구청장님 만나려고 온 거 아니에요. 제 독자들 만나러 왔습니다."

"서, 선생님…… 저는 그게……."

"바쁜 저를 염려해야 하는 사람은 여기 서 계신 독자님이 아니라 과장님입니다. 방해하지 마세요. 제 말 이해하셨어요?"

과장은 말을 잇지 못하고 우두커니 서서 침을 꿀꺽 삼켰다.

재건이 주부를 데리고 돌아섰다.

강연에 대한 이야기로 통화했을 때 태원이 했던 말이 떠오르고 있었다. 앞으로 점점 더 귀찮을 일이 많아질 거라고.

'그래도 재미있는 이야깃거리는 하나 생겼네.'

재건은 메모지를 꺼내 단편집 '마켓 플레이스'의 새로운 소재가 될 주인공에 관해 짤막히 적어두었다.

얻은 것이 전혀 없는 날은 아니었다.

이때까지만 해도 재건은 구청장과 다시 만날 일은 없으리라 생각하고 있었다.

BIG LIFE

와장창!

우유가 담겨져 있던 유리컵이 벽에 부딪혀 산산조각으로 흩어졌다.

컵을 내던지고 선 보라는 양어깨가 들썩이도록 거친 숨을 몰아쉬었다.

'건강백서'에 이어 토크쇼 프로그램 '놀러 오세요'마저 출연할 길이 막혔다. 방송국 일로 집을 벗어난 적이 언제인지 까마득할 지경이었다.

'사람을 이렇게까지 구석으로 몰아넣을 수 있어……?! 적어도 숨을 쉴 틈은 줘야 할 거 아니야!'

켜져 있는 거실의 TV에서는 걸그룹 하이퍼소다의 뮤직비디오가 흘러나오고 있었다.

문득 보라는 오늘이 하이퍼소다의 쇼케이스가 열리는 날이라는 사실을 기억해 냈다. 정오를 기점으로 첫 번째 싱글곡도 공개됐다.

'버러지 같은 년이…… 잘나가기 시작했다고 나를 쌩까?!'

TV를 향해 이글거리는 보라의 두 눈은 오직 한 사람만을 노려보고 있었다. 표적은 하이퍼소다의 멤버 중 한 사람인 유나였다.

재건의 '나 혼자 살아'에 게스트로 출연한 유나는 꽤나 큰 수혜를 받고 있었다. 댄스로 감상을 표현하는 모습에 시청자들의 반응이 좋았던 것이다. 덕분에 출연분이 늘어나면서 채린에 이어 제2의 문학소녀라는 애칭도 획득했다.

보라에게는 보기만 해도 속이 뒤틀리는 상대였다.

유나에게 이토록 많은 관심이 쏟아질 줄이야.

같은 소속사인 유나를 향한 대표의 관심도 눈에 띄게 달라졌다. 하이퍼소다의 미래를 책임질 대표 주자라고 띄워주면서 기대가 이만저만이 아니었다.

'이딴 식으로 나온다 이거지……? 수상한 데도 많고, 이 요망한 년.'

입술을 깨물며 생각한 끝에 보라는 옷을 갈아입었다.

쇼케이스 현장까지는 택시로 30분이면 도착한다. 지금 출발하면 끝나기 전에 도착할 수 있으리라.

강남 중심가 건물의 지하 층에 자리한 혜음 아트홀.

걸그룹 하이퍼소다의 미디어 쇼케이스 현장.

수많은 기자와 팬들이 객석을 빼곡하게 채우고 있었다.

지금은 막 기자 간담회가 끝나고 뮤직비디오가 상영되고 있었다.

"뮤비 예쁘게 잘 뽑혔어."

객석 후방의 복도에 선 실장이 중얼거렸다. 옆의 매니저는 고개를 끄덕이며 웃었다.

시간은 어느덧 3시.

뮤직비디오의 뒤를 이어 첫 무대가 공개되고 나면 쇼케이스 1부도 끝이다.

"오늘 날 참 잘 잡히지 않았어?"

"그러게요. 다른 팀이랑 겹치는 일도 없었고."

처음으로 음반을 소개하는 자리인 만큼 쇼케이스는 무척이나 중요한 행사다.

하이퍼소다 역시 이 하루를 위해서 전력을 다해 준비했다.

이토록 중요한 날 인지도 높은 다른 팀에서 쇼케이스를 벌였다면?

당연히 갓 데뷔한 하이퍼소다 쪽이 묻히기 십상이다.

만약 시간까지 겹쳐 버리면 대중문화부와 연예부 기자들을 두고 벌이는 유치 경쟁에서도 간단히 밀려 버리고 만다.

"이제 저는 한시름 놨어요."

"아직은 아냐. 무대 끝날 때까진 긴장 풀지 말아."

뮤직비디오가 끝나고 첫 무대가 시작되었다.

유나를 포함한 하이퍼소다 멤버 5명이 무대에 올랐다. 스피커에서 뿜어내는 강렬한 댄스 음악이 이들의 데뷔곡이었다.

"유나가 춤을 참 잘 춰."

"아무래도 그렇죠. 5명이서 똑같은 춤을 춰도 유나만 유독 돋보여요. 타고났어요."

"나 혼자 살아 덕에 반응도 좋고. 하이퍼소다 지명도 상승 일등공신이잖아. 하재건 작가님께 인사 한번 드리러 가야지?"

"네, 오늘 쇼케이스 끝나고 나면 전화부터 한 통 드릴 겁니다. 너무 고마운 분이세요, 진짜로."

실장과 매니저가 즐겁게 대화를 나누는 그때, 출입구에 선 보안 요원 사이를 가르고 보라가 들어왔다. 가벼운 화장과 길게 늘어뜨린 생머리로 청순한 인상을 강조한 모습이었다.

"안녕하세요, 실장님."

"……네가 여긴 왜 왔어?"

실장이 대번에 한쪽 눈두덩을 찌푸리며 주변을 두리번거렸다. 그러거나 말거나 보라는 새들새들 웃으며 자연스레 말을 이었다.

"유나 언니랑 친하니까 보러 올 수도 있는 거죠 뭐. 소속사도 같고."

"그런 얘기를 하는 게 아니잖아. 스케줄 외엔 근신하고 있으라고 대표님이 말씀하신 거 몰라?"

"스케줄 외엔 근신이요? 그럼 하루 24시간 일주일 내내 집에만 있어야 되는데요? 어디 섭외 들어오는 데가 있어야죠."

"……말을 말자, 말을."

실장이 혀를 끌끌 차며 자리를 떴다.

그 생겨난 공백으로 한 걸음 다가선 보라는 무대에 시선을 고정시킨 채 옆의 매니저에게 물었다.

"쇼케이스 끝나면 더 일 없죠?"

"아, 음…… 네. 일단 내일 아침까지는……."

매니저는 뒷머리를 긁적이며 말끝을 흐렸다.

소속사에서 가장 상대하기 꺼려지는 사람이 보라였다. TV에서의 모습과 본래의 모습이 천지 차이라는 걸 그도 잘 알고 있었다.

"근데…… 왜요?"

두렵고도 궁금해서 매니저가 어렵사리 물었다.

씩.

웃는 얼굴로 돌아서면서 보라가 대답했다.

"유나 언니 밥 사주려고요. 휴게실에 있다가 끝날 때 다시 올게요."

보라의 뒷모습을 보면서 매니저는 이를 갈았다. 유나가 그녀로부터 괴롭힘을 당하고 있다는 사실을 얼마간 짐작하고 있기 때문이었다.

보라의 호출을 받고 나갔다가 돌아왔을 때의 유나는 언제나 안색이 어두웠다. 한 번은 숙소 화장실 문을 잠그고 틀어박힌 채 한 시간 내내 흐느낀 적도 있었다.

매니저는 안타까움으로 속이 새까맣게 탔다. 누구보다 성실하고 마음씨 고운 멤버가 유나였다.

몇 번이나 다그치듯 이유를 물었지만 끝내 대답은 듣지 못했다. 아마도 보복이 두려운 것이리라.

무슨 억지로 어떤 수작을 부릴지 모르는 시한폭탄. 그게바로 보라니까.

'이제 피하지 말고 당당히 맞서도 돼, 유나야.'

화려한 춤으로 무대를 장악하고 있는 유나를 바라보며 매니저는 속으로 응원을 건넸다.

이 쇼케이스가 끝나고 나면 더 많은 사람이 유나의 얼굴을 기억하게 되리라.

고난의 시간을 함께 겪어온 매니저는 굳게 믿고 있었다.

BIG LIFE

"보라가요……?"

팬 미팅을 비롯한 2부 행사를 전부 마친 직후.

유나가 생수를 마시려다 말고 움직임을 멈췄다. 안색이 창백해진 그녀에게 매니저가 속삭이듯 말을 이었다.

"휴게실에 있다고 하니까 주차장으로 해서 나가라. 너 지금 채보라 보고 싶지 않잖아."

"아니에요, 오빠."

유나가 결심을 굳히고 고개를 가로저었다.

이제 하이퍼소다라는 이름으로 당당하게 데뷔했다. 보라에게 빌렸던 돈도 다음 주면 전부 갚을 수 있을 만큼 형편 또한 좋아졌다.

"여기까지 왔다는데 얼굴 보고 갈게요."

"대체 무슨 문제인 거야? 왜 그렇게 보라한테 휘둘려?"

"휘둘린 거 없어요. 앞으로는 더더욱 없을 거고요."

유나가 매니저의 손을 두 손으로 꾹 잡았다.

"오늘 너무 고마웠어요, 오빠. 애들이랑 먼저 숙소 가세요. 저도 늦지 않게 들어갈 테니까."

"정말 괜찮은 거지?"

"안 괜찮을 게 뭐 있어요? 따지자면 같은 소속사 식군데."

매니저를 안심시키고 나온 유나는 휴게실로 향했다.

복도를 절반도 지나지 못했을 때 맞은편 휴게실 문이 열리며 보라가 나왔다.

"일찍 나왔네?"

"끝나고 바로 나왔어."

두 여자가 1미터의 간격을 두고 마주 섰다.

돌처럼 딱딱하게 굳은 유나와 달리 보라는 입가에 태연한 미소를 띠고 있었다.

"쇼케이스 잘 끝난 거 같네. 축하해, 언니."

"고마워."

"요즘 엄청 바빴나 봐?"

"좀 그랬어."

유나가 거듭 짤막하게 대꾸했다.

미간을 살짝 뒤트는 보라의 낯 위로 '이것 봐라?' 하는 표정이 스쳐 갔다.

"전화 한 번 할 시간이 없을 만큼 바빴어?"

"어, 그만큼 바빴어."

유나가 단호한 어조로 대답을 이었다.

실상은 오금이 저렸다. 내색하진 않았으나 그간의 경험을 통해 몸에 밴 두려움이 되살아나고 있었던 것이다.

"너한테 빌린 돈은 다음 주면 갚을 수 있어."

타는 목으로 침을 삼키며 유나가 말했다.

보라의 두 눈매가 날카롭게 가늘어졌다.

한쪽 다리가 풀썩 꺾일 만큼 무서웠지만 유나는 버텼다. 한순간의 기 싸움도 밀려서는 안 된다. 더 이상은 보라의 페이스에 말려들지 않을 것이다.

"얘기 좀 해."

한없이 싸늘한 보라의 음성이 복도의 허공을 갈랐다.

"밥 사주려고 왔는데, 피차 체할 거 같지? 옆에 카페 있던데, 거기로 갈까?"

"그래, 좋아."

BIG LIFE

아담한 카페 구석진 자리에 두 여자가 자리를 잡았다.

생과일주스를 한 모금 마시고 난 보라가 뜸 들이지 않고 즉시 입을 열었다.

"단도직입적으로 얘기할게. 언니가 나 좀 도와줘."

"도와 달라고? 무슨……."

"무슨이라니? 요즘 내 상황 알면서 그런 말이 나와? 나 요즘 완전 막다른 골목이야. 배 CP부터 안 PD, 오 PD…… 하여간 하재건이랑 일했거나 일하고 있는 인간들하고 완전히 선이 끊겼다고."

보라가 주변을 둘러보더니 상체를 앞으로 바싹 기울였다.

"나 혼자 살아에서 내 얘기 좀 해줘."

"……?!"

"우린 소속사도 같고 친분도 있잖아? 자연스럽게 내 얘기 좀 꺼내봐. 보라 참 착하고 좋은 애라고. 연습생 시절에도 많이 챙겨줘서 고마운 애라고."

보라에게 있어서는 차선책이었다.

마음 같아서는 '나 혼자 살아'에 직접 출연하고 싶었다. 재건의 프로그램에 단 30초라도 얼굴을 비출 수만 있다면 당장 이 위기에서 벗어날 수 있을 테니까.

하지만 아무리 보라라도 거기까지는 바라지 못했다. 양심 문제가 아니라 이성적으로 불가능하다는 판단이었다.

두부 한 모를 자르는 간단한 일에도 도마를 깔고 칼을 잡는 과정이 필요하다.

우선은 유나를 활용해 포문을 연다. 그래서 적어도 하재건이 주인공인 '나 혼자 살아'에서 긍정적인 이야기가 나오도록 만든다. 이것이 보라의 속셈이었다.

"응? 언니, 해줄 수 있지?"

"내가 그런 말해봤자 어차피 편집될 거야."

"그러니까 편집되지 않도록 해달라고 부탁하는 거잖아."

보라가 팔을 쭉 뻗어 유나의 손을 덥석 잡았다.

'……!'

손이 잡히는 순간 유나는 전기라도 오른 사람처럼 몸을 흠칫 떨었다.

"오해가 있으면 풀어보라고 옆에서 잘 말해봐. 언니가 극구 날 챙기려고 하는 모습을 보여주면, 어? 하재건이 설마 쪼잔하게 거절하겠어? 작가인 그 사람 입장에선 한 번 지나가고 말 예능 프로그램인데? 안 그래?"

유나는 고개를 숙인 채 말이 없었다.

잠시 후.

보라에게 잡혀 있던 손을 뒤로 빼내면서 그녀가 고개를 가로저었다.

"미안하지만 난 못 하겠어."

"못 하겠다고……? 어째서?"

"네가 하재건 선생님을 잘 몰라서 그래. 절대로 수락하시지 않을 거야. 그래서 못 하겠어."

보라가 즉시 살가운 태도를 버렸다.

표독스러운 눈초리로 노려보면서 그녀가 이를 갈 듯이 내뱉었다.

"간만에 보는데 말대꾸가 많이 늘었다?"

"그런 식으로 말하지 마."

유나가 떨면서도 두 눈을 치켜뜨고 응수했다.

"내가 너보다 언니야. 말대꾸가 늘었다느니 그런 말 들을 입장 아니라고. 얘기 끝난 거야? 남았으면 빨리 말해. 나 바쁘니까."

보라가 고개를 모로 돌리고 헛웃음을 터뜨렸다.

뺨을 맞아도 벌벌 기기만 하던 유나가 언제 이렇게 컸을까. 이곳이 카페가 아니었다면 당장 테이블을 뒤엎고도 남았다.

"정 못 하겠다면 어쩔 수 없지."

보라가 짐짓 수긍한다는 듯 중얼거렸다.

하지만 유나는 긴장을 풀지 않았다. 이리의 눈과 뱀의 심장을 가진 인간이 이토록 쉽게 이야기를 끝낼 리가 없으니까.

"대신 언니도 나가지 마."

"……뭐라고?"

"귓구멍 막혔어? 나 혼자 살아 그만 나가라고. 그리고 앞으로 하재건이나 박도준과 관계된 프로그램은 일절 하지 마."

"기가 막혀서……! 네가 대체 뭐라고 생각하니?"

유나가 거칠게 의자를 빼고 일어섰다.

돌아서기 직전 보라의 날카로운 한마디가 그녀의 귓가를 울렸다.

"성제 얘기 터뜨릴까나."

"……?!"

소스라치게 놀란 유나가 선 자세 그대로 얼어붙었다.

성제는 연습생 시절 사귀었다가 헤어진 옛 남자 친구의 이름이다. 지금은 다른 회사 소속으로 솔로 가수 데뷔를 목전에 두고 있었다.

"나한테 사진도 여러 장 있는데."

"사, 사진이라니……?"

심하게 더듬거리는 목소리가 스스로에게도 무척 애처롭게 들려오는 유나였다.

대체 무슨 사진을 말하는 걸까.

그리고 만약 사실이라면 어떻게 보라가 손에 넣었을까.

"사이 엄청 좋아 보이더라? 펜션도 갔었던데? 둘이 끌어안고 뽀뽀하고, 아주 깨가 쏟아지던데?"

"지금…… 협박하는 거니?"

"응, 맞아."

"나, 나는…… 나는 할 말 없을 줄 알아? 진짜 어처구니없다. 너만큼 떳떳할 일 없는 애가 지금 날 협박해?"

"무슨 말을 하는지 모르겠네. 내가 알아듣게 말하려면 뭐든 증거를 가져와야 하지 않겠어?"

유나가 한 손을 들어 제 얼굴을 덮었다.

보라는 여유롭게 두 손으로 턱 밑을 받친 채 웃었다. 상대의 약점을 잡아두는 건 그녀가 세상을 살아가는 대표적인 방법 중 하나였다.

"어머, 저기 채보라랑 한유나 아냐?"

"근데 분위기 좀 이상해 보이네."

수군거리는 사람들 속에서 유나는 우두커니 서서 번민했다.

머리보다 가슴으로 결정을 내리기까지는 그리 오랜 시간이 걸리지 않았다.

"마음대로 해."

기어이 침묵을 깨고 나온 대답.

"……!"

보라는 웃는 얼굴 그대로 두 눈을 동그랗게 떴다.

"어디 네 마음대로 해봐. 사진? 키스하고 포옹하고 깨가 쏟아진다고? 당연하지. 우린 사귀는 사이였고 서로 좋아했으니까 당연히 그럴 수 있는 거 아냐?"

"언니, 좀 세게 나온다?"

"무슨 수로 나랑 성제 사진이 너한테 흘러들어 갔는지 모르겠지만 네 마음대로 해봐."

유나가 남은 커피를 단숨에 들이마시고는 속사포처럼 말을 이었다.

"그리고 너 같은 애 때문에 하재건 선생님이 조금이라도 고통받는 모습 보고 싶지 않거든? 나 그분 진심으로 존경해. 정말 좋은 사람이야. 나한테 주신 마음 배신하고 싶지 않아. 이게 내 입장이야."

이내 유나는 보라가 말을 붙일 틈도 주지 않고 돌아섰다.

카페를 나서자마자 살을 에는 듯한 칼바람이 불어왔다. 하지만 지금은 오히려 좋았다.

두려움으로 찔끔 흘러나온 눈물이 부디 흘러내리기 전에
얼어버리기를.

107장
대체 뭘 쓰시는 거죠

"항상 기사 잘 써주셔서 고마워요, 현 기자님."

취재가 끝나고 재건이 말했다.

맞은편에 앉은 주간경향 소속 기자 성범은 웃으며 고개를 가로저었다.

"무슨 말씀이세요. 복을 톡톡히 받고 있는 사람은 제 쪽입니다. 하 선생님 덕분에 쓸 기삿거리가 넘쳐 납니다."

공항에서 인연이 닿은 이후 재건은 성범과 좋은 관계를 유지하고 있었다.

아무리 봐도 보편적인 세상이 말하는 기자와는 동떨어진 사람이다. 그래서 마음에 들었지만 한편으로는 앞으로도 잘 해나갈 수 있을지 걱정이 되기도 했다.

"계속 떠들었더니 좀 출출하네요. 뭐라도 드시겠어요?"

"아닙니다. 집필도 하셔야 할 텐데 계속 실례하고 있을 순 없죠. 저는 이만 일어나 보겠습니다."

재건은 성범을 배웅하기 위해 리카를 품에 안고 일어섰다.

현관을 지나 정원을 반쯤 가로지를 즈음, 대문 바깥에서부터 초인종 소리가 길게 울렸다.

"누구지?"

재건이 잰걸음으로 성범을 앞섰다.

대문을 열자마자 보이는 얼굴에 그는 즉시 뜨악한 표정이 되었다. 도서관 강연 때 보았던 구청 총무과 과장이 아닌가.

"하하, 안녕하십니까. 하재건 선생님."

"안녕하세요. 여긴 어쩐 일로 오셨어요?"

"일전에 구청장님께서 무척 아쉬워하셔서 말입니다. 조만간 새해맞이 구내 걷기 대회가 있는 거 아시는지요? 하 선생님께서 꼭 와주십사 하고 구청장님이 간절히 바라고 계십니다."

"아니요, 저는 참석할 생각 없습니다."

분위기를 파악한 재건이 일언지하에 거절했다. 사전에 양해도 없이 집으로 대뜸 찾아온 것부터가 불쾌했다.

"그러시지 말고 참석해 주시지요. 이미 SNS에 반응이 이만저만이 아닙니다."

"SNS 반응이라니요?"

"하재건 선생님을 구내 걷기 대회에 모신다고 하니까 지역 주민들이 난리가 났어요. 참석 안 하시면 주민들이 무척 실망할 겁니다. 저희 구청 페북 한번 보시겠습니까?"

재건은 기가 막혀서 할 말을 잃었다.

당사자의 의사는 들어보지도 않고 멋대로 일을 진행시키고 있었다는 얘기다. 마치 자신의 걷기 대회 참석이 기정사실인 것처럼.

"돌아가 주세요."

"하 선생님⋯⋯."

"더 드릴 얘기 없습니다. 고민할 여지도 없이 이 자리에서 즉시 거절할까요?"

"아니, 아닙니다⋯⋯. 그럼 저어⋯⋯ 전화 한 통 꼭 주시길 기다리고 있겠습니다."

과장이 허리를 꾸벅 숙여 인사하고는 돌아섰다. 그를 태운 차가 저만치 멀어져 가는 것을 보며 성범이 피식 웃었다.

"양범식 구청장이죠?"

"현 기자님도 아세요?"

"직접 본 적은 없습니다. 보나마나 선거 준비죠. 하 선생님과의 인맥이나 친분을 과시하고 싶은 겁니다. 제가 장담하는데 다음번엔 구청장이 직접 찾아올 겁니다."

이어 성범이 조금은 근심스런 얼굴로 재건을 돌아보았다.

"부디 조심하세요, 하 선생님. 정치판에 잘못 말려드셨다 간 본의 아니게 화를 입으시게 될지도 모릅니다. 선생님한테 껄떡거릴 인간들 사방에 널렸어요."

"걱정 마세요. 그럴 일 없을 겁니다."

대답과 동시에 재건은 아버지 석재로부터 들었던 조언을 떠올리고 있었다.

정치, 지역, 종교.

가능하면 바깥에서 입에 담지 않는 편이 좋을 세 가지 주제.

"저는 오히려 저 사람들 만나서 도움받았어요."

"도움이라니요?"

"글감이 됐거든요, 쓰고 있는 소설에."

바로 그때, 과장의 차가 삼켜진 길 저편에서 택시 한 대가 커져 오는 것이 보였다.

택시에 탄 승객이 누구인지 짐작한 재건은 성범에게 인사를 고했다.

"현 기자님, 바쁘실 텐데 어서 가 보시죠."

"네, 하 선생님. 그럼 편히 쉬시고 연락드리겠습니다."

성범을 태운 차가 이쪽으로 달려오는 택시를 지나쳐 멀어져 갔다. 재건은 품에 리카를 안고 서 있었다. 서서히 속도를 줄이기 시작한 택시가 그의 앞에서 멈췄다.

"안녕하세요, 하 선생님."

차문을 열고 내려선 유나는 당황스러운 표정이었다.

"왜 나와 계셨어요?"

"안타깝지만 유나 씨 오는 거 보려고 나와 있던 건 아닙니다. 누가 좀 왔다가 이제 막 갔어요. 들어가시죠."

유나를 데리고 정원을 가로지르면서 재건은 의아스러웠다.

성범과의 취재 중에 그녀의 메시지를 받았다. 긴히 드릴 말씀이 있으니 찾아뵈어도 되겠냐는 내용이었다.

'표정도 별로 안 좋고. 무슨 일 있었나?'

거실에 올라선 다음에도 유나는 멍하니 서 있기만 했다. 재건이 커피를 타려다 말고 소파를 가리키며 권했다.

"앉으세요, 커피 드실 거죠?"

"죄송해요, 하 선생님……."

"네? 갑자기 뭐가 죄송해요?"

"저 나 혼자 살아 그만 나가야 할 것 같아요."

유나가 사죄하듯 허리를 깊이 숙였다.

소속사 사람들 이상으로 힘이 되어준 고마운 사람이다. 별 볼 일 없던 자신에게도 예의를 갖추고 진심으로 대해줬다. 그래서 더욱이 실망시키고 싶지 않았다.

"정말 죄송해요. 주제넘게…… 뭘 해주셔도 감사히 받아들이고 열심히 해야 하는데…… 죄송해요, 선생님. 정말로 죄송해요……."

"무슨 사정인지는 모르겠는데 일단 앉으세요. 커피 한잔 마시면서 차분히 얘기합시다."

재건이 커피를 타러 주방 쪽으로 향했다.

유나는 소파까지 가지 못하고 그 자리에 무너지듯 주저앉았다. 저만치 서 있던 리카의 두 눈이 반짝이고 있었다.

"리카……?"

고고한 걸음걸이로 다가온 리카를 보고 유나가 놀라서 중얼거렸다. 한껏 경계하던 지난번과는 전혀 달랐다. 영롱한 두 눈빛으로 올려다보며 한쪽 발로는 유나의 허벅지를 꾹꾹 눌러댔다.

"나 받아들여 주는 거야?"

유나가 조심스레 두 손을 뻗었다.

한동안 쓰다듬은 끝에 안아 드는 것도 리카는 고분고분 따랐다. 얼굴이 가까워지자 까칠한 혀를 내밀어 유나의 코끝을 핥기까지 했다.

"이제 리카가 낯 안 가리네요."

"네, 신기해요……."

뿌듯하고도 기쁜 마음으로 유나가 대답했다. 가슴에 안은 리카의 목덜미를 쓰다듬으면서 괜히 눈시울이 뜨거워졌다.

"이리 오셔서 커피 한잔해요. 무슨 일이신지 천천히 말도 하시고."

소파에 앉은 유나는 천천히 커피를 마시며 마음을 추슬렀다. 맞은편에 앉은 재건은 재촉하지 않았다. 잠자코 읽던 책을 끼적거리며 유나의 입이 열리길 기다렸다.

"……보라를 만나고 왔어요."

커피를 절반쯤 마셨을 때 유나가 말을 꺼냈다.

재건이 고개를 들었다.

그의 무릎에 앉아 있던 리카는 폴짝 뛰어 유나에게로 자리를 옮겼다.

"어디부터 어떻게 말씀을 드려야 할지 모르겠는데…… 보라하고는 ICU 엔터에서 만나 알게 됐어요. 저는 하이퍼소다 연습생으로 이제 막 올라왔을 때였고……."

리카의 온기가 더없는 안정감을 전해 주었다.

유나는 편안한 심정으로 속에 담아둔 이야기를 침착하게 털어내기 시작했다.

"집안 사정을 봐 주다 보니 그게 제 생활고로 연결됐어요. 연습으로 시간은 빠듯한데 돈은 급하고, 알바라도 해야 하나 고민하는 와중에 보라가 돈을 빌려줬어요. 정말 고마웠어요. 그때까지만 해도 너무 고맙고 좋은 애였어요."

가족은 물론이고 팀 동료나 매니저에게도 하지 못한 얘기들이 유나의 입에서 술술 흘러나왔다.

재건은 이따금 고갯짓을 해가며 묵묵히 그녀의 이야기를 들어주었다.

제법 긴 이야기가 이어지는 내내 그의 표정은 특별한 감정을 드러내지 않았다.

"……그리고 이제는 제가 예전에 사귀었던 성제와의 사진을 빌미로 그런 말을 했던 거구요."

이윽고 말을 마친 유나가 머그컵을 잡았다. 김이 멎은 커피는 어느덧 싸늘하게 식어 있었다.

"사진이라……."

재건이 멀거니 중얼거렸다.

유나가 우물쭈물하는 기색으로 넌지시 말을 보탰다.

"혹시라도 오해하지 마세요. 막 이상한 그런 사진들은 아니고 그냥 평범한……."

"오해 안 했는데요."

"아, 죄송해요. 저 또 혼자 괜히 설레발치는 버릇."

유나가 얼굴을 붉히며 고개를 떨어뜨렸다.

재건은 웃는 얼굴로 자리에서 일어서고 있었다.

"지금처럼 가요."

빈 머그컵을 두 손에 들며 재건이 말했다.

"지금껏 해왔던 대로 하세요. 지금 한참 민감할 시기라서 유독 신경이 쓰이는 거지 별일 아니라고 봅니다. 유나 씨는 그 남자분하고 사귀었던 일이 잘못이라고 생각해요?"

"아니요, 그렇지 않아요."

"그거면 된 거 아닐까요. 연예인이고 스스로 나서서 밝힐 것까지야 없겠지만, 떳떳하지 못할 일이냐고 하면 그건 또 전혀 아니잖습니까."

"고맙습니다, 선생님……."

유나가 찡해진 코끝을 살짝 구기며 웃었다.

속내를 토로한 것만으로 이렇게까지 마음이 편해지다니.

돌이켜 보니 데뷔를 앞두고 확실히 필사적이었다. 작은 일 하나도 무던하게 넘어가지 못했었다.

'오늘 선생님 찾아뵙길 정말 잘한 거 같아, 리카.'

유나가 리카를 내려다보며 속으로 말을 건넸다. 리카는 알아들었다는 듯이 웅크리고 있던 머리를 들고 그녀를 바라보았다.

반짝이는 두 눈이 빨려들 것처럼 깊었다.

30분쯤 후 유나는 인사하고 일어섰다.

재건이 불러준 택시에 오른 그녀의 얼굴은 긴장이 풀린 편안한 미소를 짓고 있었다.

"오늘 정말 감사했습니다, 선생님. 귀한 시간 빼앗아서 너무 죄송하고요."

"무슨 말씀을. 조심히 가고 며칠 뒤에 봐요."

유나를 태운 택시가 순식간에 멀어져 갔다.

집을 향해 돌아서는 재건의 얼굴은 한없이 굳어 있었다. 유나 앞이었기 때문에 한사코 담담한 척하고 있었지만 실상은 아니었다. 보라의 이야기를 들은 시점부터 뱃속이 불처럼 뜨거워져 있었다.

"리카."

"야옹……?"

"사람의 악의라는 건 정말 무서운 것 같다."

재건은 리카를 가슴에 안고서 2층 서재로 올라갔다. 그리고 노트북에 앉아 글을 쓰기 시작했다.

'마켓 플레이스'에 수록될 다음 단편으로 주인공은 겉과 속이 다른 구청장이었다. 도서관 강연으로 알게 된 구청장 양범식이 모델이었다.

'민심을 끌어모으기 위해 시장을 드나들기 시작하는 구청장. 구색 맞추기로 그치는 영혼 없는 활동에 시장 사람들은 그저 시큰둥한 반응이고…….'

큰 줄거리를 짜면서 재건은 고심을 거듭했다.

현실과는 달리 소설에서는 희망을 주고 싶었다.

통계와는 전혀 다른 현실에 직면한 구청장이 인간적으로 변화할 수 있는 계기가 필요했다.

'왜 이렇게 떠오르는 게 없지.'

유나에게 들은 이야기 탓일까.

이상하리만치 집중이 되지 않았다.

줄줄이 써 내려가던 글을 전부 지우기만 몇 번이나 반복했다. 결국 재건은 긴 한숨을 뽑아내며 고개를 뒤로 길게 꺾었다.

"사람의 악의……."

멍하니 허공을 올려다보며 재건이 중얼거렸다.

사실 스스로도 느끼고 있었다. 유나를 돌려보낸 뒤부터 몇 사람의 얼굴이 뇌리에서 떠나지 않았던 것이다.

작게는 해태미디어의 대표와 마종구 실장, 대학 시절부터 본의 아니게 악연을 맺은 오명훈, 안하무인의 오만한 감독 우재훈, 나아가 보조 작가 원지연과 연예인 채보라까지.

잡념이라고 여기고 억지로 떨쳐 내려 했지만 그럴수록 생각은 깊어지기만 했다.

머릿속을 가득 채운 이들의 존재 때문에 '마켓 플레이스' 단편을 집필할 수가 없었다.

"사람의 악의…… 악의…… 악의……."

천장으로 시선을 고정시킨 채, 재건은 멍하니 되풀이해서 중얼거렸다. 새하얀 벽지의 여백이 풀린 두 동공을 장식하고 있었다. 마치 귀신에 홀린 사람 같았다.

"야옹."

리카가 뒷발로 딛고 서서 재건의 가슴을 긁어댔다.

재건이 느릿하게 시선을 거둬들였다. 흔들리는 리카의 두 눈이 보였다. 걱정해 주는 듯한 그 표정에 대고 재건은 쓰게 웃었다.

바로 그 순간.

"……?!"

한 가지 상념이 번개처럼 양쪽 관자놀이를 스치고 지나 갔다.

뒤이어 재건의 두 손은 생각보다 앞서 움직였다. 번개처럼 키보드 위로 치달아 타자를 두들기기 시작했다.

'이 모든 악의로 똘똘 뭉친……!'

타다다닥! 타닥!

타다닥! 타닥!

한여름의 굵직한 소낙비처럼 쏟아지는 열 손가락이 무수 한 단어를 토해냈다.

무수한 단어가 뭉쳐 문장이 되면서 세상 단 하나의 악의가 형태를 갖춰가고 있었다.

무엇을 쓰는지 타자를 두들기면서도 알 수 없었다.

확실한 건 소설이 아니었다.

소설을 쓰기 위한 구성도 아니었다. 그저 재건은 자신이 알고 있는 모든 악의를 워드 화면에 쏟아내고 있을 뿐이었다.

재건은 시간의 흐름을 잊고 글을 썼다.

몰입하기 시작한 그를 리카도 방해하지 않았다.

어느새 자리도 재건의 무릎에서부터 저만치 탁자 끝으로 옮겨 웅크리고 있었다.

겨울의 해는 빨리 졌다.

불을 켜두지 않은 서재가 어둠으로 물들었다.

사방이 캄캄한 가운데 푸르스름한 모니터와 리카의 두 눈만이 빛을 뿜고 있었다.

그래도 재건은 멈추지 않았다. 쉼 없이 키보드를 때려대는 열 손가락을 타고 악의는 밑도 끝도 없이 흘러나왔다.

현대사회에서 살아남기 위한 악의, 스스로를 돋보이게 하기 위한 악의, 자신과 기준이 다른 데에서 오는 증오로 생겨난 악의, 딱히 이유도 없는 악의…….

그야말로 각양각색이었다.

팟!

난데없이 서재 안이 대낮처럼 환해졌다.

전등 스위치를 누르고 문턱에 선 수희는 벌어진 입을 다물지 못했다.

굽은 등을 보이고 앉은 재건은 아직도 타자를 두들기는 중이었다. 퇴근하고 찾아온 수희가 등 뒤에 서 있는 줄도 모르고 있었다.

"불도 다 꺼놓고 뭘 이렇게 열심히 쓰는 거야?"

"……언제 왔어?"

"어이가 없어서 정말. 도둑 들어와도 모르겠네."

수희가 황당하다는 듯이 웃으며 가방을 내려놓고는 다가섰다. 등 뒤에서부터 재건을 끌어안으며 그녀는 모니터로 눈길을 던졌다.

"뭐 쓰는 거야? 마켓 플레이스?"

"아니, 그건 아니고……."

재건은 말끝을 어물거리며 한 손을 들어 수희의 손등에 포갰다. 세상에서 가장 좋아하는 향긋한 체취가 여전히 가슴을 설레게 한다.

한순간에 피로가 말끔히 가시는 기분이었다.

"뭐야, 이거 대충 봐도 글이 좀 이상한데?"

수희가 한쪽 눈을 찡그리며 마우스로 손을 뻗었다. 스크롤을 위로 올려 처음부터 글을 훑어보면서 그녀의 표정은 더욱이 굳어갔다.

"하재건 작가님, 대체 뭘 쓰시는 거죠?"

"그게…… 뭐라고 설명해야 할지 모르겠는데……."

재건이 생각을 정리하며 느릿하게 말을 이었다.

"내가 지금껏 살아오면서 느낀 사람들의 악의를 하나로 모아봤다고 해야 할까."

"갑자기 왜 이런 걸……."

"나도 모르겠어. 네 말대로 정말 그냥 갑자기 쓰게 됐다. 쓰다 보니까 세상에서 이보다 더 나쁜 놈이 없다고 생각될 만큼 악의로 뭉친 인간이 만들어졌군."

문득 수희는 재건의 등줄기가 땀으로 젖어 있음을 알았다.

셔츠 속으로 들어간 수희의 손이 재건의 맨살을 쓰다듬었다. 한껏 팽창한 온몸의 근육을 손끝으로 느끼면서 그녀는 쓴웃음조차 지을 수가 없었다.

"또 얼마나 정신없이 빠져들었으면 이래."

"원래 이런 걸 뭐."

"좋은 글이면 말도 안 해. 이런 칙칙한 내용을 쓰면서 지나치게 몰입하면 정신 건강에도 안 좋단 말야."

재건이 웃으며 키보드 위로 두 손을 뻗었다.

수희는 그 손을 밀쳐 냈다. 그러고는 재건의 무릎 위에 엉덩이를 깔고 앉으며 물었다.

"내가 이러는 것도 악의야?"

"음, 그건 잘 모르겠는데……."

재건이 짐짓 고개를 갸웃거리며 수희의 허벅지 위로 손을

없었다. 스커트 안으로 손이 들어오자 수희는 간지러워서 키
득거렸다.

"네 악의라면 언제든 기꺼이 받아들일 수 있지."

"이제 모니터 화면 그만 보고 내 얼굴 봐."

"보고 있어. 잠깐 저장만 하면 돼."

"저장도 하지 마."

"우와악."

수희가 입을 맞추며 재건을 덮쳤다.

두 사람이 뒤엉켜 바닥으로 쓰러졌다. 소리 없이 일어난
리카는 서재 바깥으로 자리를 피해주고 있었다.

108장
정말 그냥 여행인가

재건의 추측은 맞아떨어졌다.

시간이 지나 새해가 되었지만 유나에게는 아무런 일도 일어나지 않았다.

보라는 잠잠했고 아무 말도 하지 않았다. 성제와의 루머는 인터넷 어디에서도 찾아볼 수 없었다.

유나는 재건의 프로그램에 변함없이 출연했다. 인지도는 나날이 높아졌고 하이퍼소다의 일원으로서도 활동량을 대폭 늘려갔다. 단 하루도 편히 쉬지 못하는 바쁜 나날이었지만 그녀는 더없이 행복했다.

1월의 어느 추운 하루.

시청률 30%를 돌파한 드라마 '스무 살의 여름'에 관한 기사로 온 인터넷이 도배된 날이었다. 따뜻하게 난방이 가동되고 있는 부천 작가 사무실에서는 웃음이 그치지 않았다.

"드디어 결혼하시는군요. 부러워라."

두 눈을 흘기며 중얼거리는 현경은 배알이 뒤틀린다는 표정이었다.

작가들 앞에서 민호와 은영이 결혼 소식을 밝힌 참이었다.

봉이가 두 눈을 반짝반짝 빛내며 물었다.

"정말 축하드려요. 신혼여행은 어디로 가세요?"

"아, 음…… 3박 4일 괌으로 갑니다."

"너무 좋으시겠다. 저는 아직 외국 한 번도 못 가봤거든요."

"저도 이번이 처음이에요. 은영이야 일본 몇 번 가 본 적 있다지만."

민호와 은영이 서로를 쳐다보며 히죽 웃었다. 서로를 꼭 잡은 두 손은 여전히 떨어질 줄을 몰랐다.

"사실 비용 문제도 있고, 마감도 다 못 끝내서 신혼여행은 생략하려고 했었어요. 근데 하 작가님이 무슨 소리냐고 펄쩍 뛰시더라고요."

"저도 그렇게 생각해요. 일생 단 한 번뿐이잖아요. 인터넷 신혼여행 후기들 봐도 안 갔으면 큰일 날 뻔했다고 다들 그렇게 좋아하잖아요?"

"우리 봉이 작가님 엄청 결혼하시고 싶나 봐."

"히히, 맞아요. 저는 솔직히 좋은 사람 만나서 빨리 결혼하고 싶어요. 외로움도 잘 타고, 아이도 갖고 싶고요."

봉이가 귀여운 미소로 천진난만하게 소신을 밝혔다.

그러자 옆에 앉은 현경은 의식적으로 손을 들더니 흐트러진 자기 머리를 가다듬었다.

은영이 중얼거리듯 말을 이었다.

"하 작가님한테 어떻게 보답해야 할지 모르겠네."

"그건 또 무슨 말씀이세요?"

"신혼여행이요. 하 작가님이 보내주시는 거거든요. 결혼 선물이라고."

"어머, 진짜요?!"

"야, 장은영. 하 작가님이 이거 비밀이라고……."

"뭐 어때, 난 이런 거 비밀 못 지켜."

바로 그때, 비밀번호를 입력하는 신호음이 울렸다. 곧이어 현관문이 열리면서 리카를 품에 안은 재건이 나타났다.

모여 있던 작가들이 일제히 일어나 그를 반겼다.

"오셨어요, 하 작가님."

"무슨 이야기를 하시느라 그렇게들 모여 계셨어요?"

"저희 결혼하는 것에 대해서 말 좀 하고 있었습니다."

"하하, 두 분 표정 보니까 어쩐지 그럴 거 같았어요."

재건이 리카를 내려놓고 주방으로 향했다.

민호가 잰걸음으로 달려와 머그컵을 집으려는 재건을 옆으로 밀었다.

"커피 새로 사 온 거 있어요. 이거 아주 맛이 좋던데 제가 한 잔 타드릴 테니까 드셔보세요."

"아니에요, 주시면 제가 직접 타겠습니다."

"그냥 앉아 계시라니까요."

민호는 한사코 재건을 밀어내고 손수 커피 한 잔을 타서 재건에게 건네주었다.

그윽한 향기를 음미하고 난 재건이 한 모금 홀짝이고는 두 눈을 동그랗게 떴다.

"향도 좋고 맛도 좋네요."

"그렇죠?"

"네, 커피 맛은 잘 모르지만 아무튼 좋습니다. 오늘 강 작가님 스페셜 커피 마시고 글 잘 써지겠는데요."

"제 커피가 도움이 된다면 앞으로도 사무실 나오실 때마다 얼마든지 타드리겠습니다."

"그냥 드려본 말씀이에요."

재건과 마주 앉은 민호가 목소리를 낮춰 속삭이듯 말했다.

"정말 고맙습니다, 하 작가님."

"무슨 말씀 하시려는 건지 알겠으니 이제 그만하세요."

"덕분에 무사히 결혼하고 전셋집도 구하게 됐습니다. 게

다가 신혼여행까지 보내주시고…… 전세금은 정말 빨리 갚아드리겠습니다. 하 작가님 아니었으면 저기, 시장통 시끄러운 곳에서 월세로 시작했을 거예요."

"급하실 거 없다고 몇 번을 말씀드렸습니까."

새건은 부담스러운 마음이 들어 몸을 일으켰다.

자신의 자리로 가 노트북 앞에 앉았을 때였다.

오늘은 무엇을 먼저 쓸까 생각하고 있는 사이.

조금 전 민호가 했던 말이 다시금 귓가를 울렸다.

"하 작가님 아니었으면 저기, 시장통 시끄러운 곳에서 월세로 시작했을 거예요."

'아, 그래……!'

재건이 속으로 탄성을 지르며 손가락을 튕겼다. 이래서 소통이 중요하다. 오늘도 사무실로 출근한 덕에 민호를 만나 값진 보석을 캐냈다.

'일 때문이 아니라 어쩔 수 없이 시장에 들어와 살게 된 신혼부부. 세가 저렴해서 시끄럽고 낡은 시장 안 셋방에서 살림을 꾸리기 시작한 젊은 부부의 이야기는 어떨까……?'

탁! 타다닥! 타닥!

'마켓 플레이스'에 수록할 신혼부부의 이야기가 구성되기 시작했다.

남자 편과 여자 편으로 나누어 독립된 두 가지 이야기가 워드 프로그램을 빼곡하게 채워갔다.

물 흐르듯 술술 이어지는 글줄에 재건은 웃음이 멈추지 않았다.

'이걸로 끝내도 좋을 것 같아.'

구청장과 신혼부부 이야기까지 3개의 단편을 더하면 '마켓 플레이스' 집필을 끝낼 수 있을 것 같았다.

뒤이어 생각나는 글은 '더 브레스' 미국판 원고 정리, 그리고 아직 형태가 모호한 인간의 악의에 대해서였다.

'이 악의에 대한 건 수필이 맞나, 장편소설이 맞나……'

드르륵!

핸드폰이 울리며 전화가 걸려왔다.

재건은 타자를 두들기던 손을 멈추고 핸드폰을 집어 귓가로 가져갔다.

"여보세요."

─하 선생님, 저 현성범 기자입니다. 꼭 드려야 할 말인 것 같아서 전화드렸습니다.

"네?"

재건이 의아해서 고개를 갸웃거렸다. 연예부 취재 건으로 일본에 가 있는 성범이 갑자기 무슨 할 말이 있다고 전화를 했을까.

"현 기자님, 취재 때문에 일본 간다고 하시지 않으셨어요?"

―네, 맞습니다. 지금 여기 후쿠오카예요. 사실 방금 저희 연예부 막내로부터 메일 한 통을 받았거든요.

성범이 숨도 쉬지 않고 빠르게 말을 이어갔다.

―예전에 있었던 하 선생님 원고 분실 건에 대한 겁니다.

"원고요?"

―마켓 플레이스 드라마 시나리오 말입니다. 당시 보조 작가 원지연과 채보라가 카페에서 만났던 걸 목격했다는 증인이 추가로 나왔어요.

"으음, 네……."

생각지도 못한 얘기여서 재건은 적잖이 놀랐다.

문득 집필하고 있는 주변의 작가들이 신경 쓰여서 그는 안방으로 자리를 옮겼다.

―그 카페 알바는 입을 꾹 다물고 있지만 이쪽은 제법 말을 하더라고요. 자세히는 아니지만 채보라가 하 선생님에 대해 말하는 걸 언뜻 들었답니다.

"그렇습니까. 뭐라고 했다던가요?"

―그건…….

"괜찮습니다. 제 기분은 개의치 마시고 알려주세요."

―그러니까 그…… 채보라가 원지연한테 이랬답니다. 하

선생님이 언니 인생 챙겨줄 거 같냐느니, 하 선생님 때문에 소속사 작가, 감독, 배우 여러 명이 엿 먹고 있다느니, 뭐 그런 말이었나 봅니다.

재건은 착잡한 심정이 되어 의자에 몸을 털썩 앉혔다. 보라가 사건의 원흉이라는 심증은 더욱 명확해졌다.

─저희 막내가 원지연과도 만나봤습니다. 증인에 대한 이야기를 꺼내니 무척 반가워하더라고요. 심지어 서로 인상착의까지 기억하던데요.

"그만큼 절실한 상황이겠죠. 명예훼손으로 고소당하고 완전히 궁지에 몰려 있을 텐데요."

도준도 지연에 관한 건을 잊어버린 지 오래였다. 애초에 재건을 돕기 위해 그녀에게 법무법인을 소개시켜 줬을 뿐이다. 승산이 없다는 사실을 깨달은 후에는 가차 없이 손을 놨다.

성범이 말을 이었다.

─하 선생님 말씀대로입니다. 원지연 그 친구 지금 몰골이 말이 아니라고 하더라고요. 집도 절도 없어가지고 신림동 고시텔에서 월급 30만 원 받아가며 총무로 지내고 있답니다. 왜, 독서실 총무 하면 숙식은 해결이 되지 않습니까.

"그렇군요."

재건이 무심히 말을 받았다. 그의 입장에서 지연은 동정의 여지조차 없는 인간이었다. 가진 것이 없을 뿐이지 비열한 기회주의자란 점은 보라와 꼭 같았다.

─갑자기 이런 얘기 무척 죄송합니다. 하지만 꼭 말은 드려둬야 할 것 같았어요.

"하하…… 네."

─어떻게든 도움을 드리고 싶습니다. 제가 할 수 있는 거라면 뭐든지 해볼 테니 하 선생님 마음을 말씀해 주세요.

재건의 입가에 미소가 길게 그어졌다.

성범의 마음씀씀이가 고마웠다.

바다 건너 일본으로 취재를 떠난 마당에도 이렇게 신경을 써줄 줄이야.

"해드린 것도 없는데 챙겨주셔서 무척 감사합니다. 그렇지만 제가 특별히 원하는 건 없습니다."

─역시 그러십니까.

"해결되는 일은 없이 괜히 더 시끄러워지기만 할 것 같아서요. 솔직히 제가 보기엔 그렇습니다."

─네…… 하기야…….

성범의 짧고 강렬한 한숨이 전파를 훅 하고 갈랐다.

─증인 하나 등장한다고 판도가 쉽사리 뒤집힐 싸움은 아니겠지요. 이거 괜히 하 선생님 마음만 뒤숭숭해지시게 만든 것 같네요.

"뒤숭숭해질 일 없습니다. 어쨌든 이건 저와 관련된 얘기고, 바로 이렇게 알려주셔서 그저 감사할 따름입니다."

재건이 창가 쪽으로 의자를 빙글 돌려 앉으며 덧붙였다.

"그리고 혹시나 싶어 말씀드리는데, 기사로 쓰실 거라면 저에 대해서는 신경 쓰지 않으셔도 됩니다."

－고맙습니다, 하 선생님. 우선 한국 돌아가면 막내랑 더 얘기를 해봐야겠습니다.

"언제 돌아오세요? 제가 식사 한번 대접하겠습니다."

－길어야 사나흘이면 돌아갑니다. 하 선생님 드릴 선물 하나 챙겨서 금방 돌아가겠습니다.

몇 마디 대화를 더 나눈 후 전화를 끊었을 때, 방 바깥에서부터 웅성거리는 소리가 일었다.

재건은 누가 왔나 싶어 문을 열고 다시 거실로 나갔다. 작가들에게 둘러싸인 태원이 보였다.

"권 대표님 오셨네요."

"아, 하 작가님."

태원이 환히 웃으며 재건에게 다가갔다.

그의 등 뒤를 한 30대 전후의 남자가 따르고 있었다.

"저희 래프북스 신입 직원이에요. 이 대리님, 인사하세요."

"안녕하십니까, 하 선생님. 이찬성이라고 합니다."

이찬성이 허리를 깊이 숙이며 정중하게 인사했다.

"이제부터 래프북스에서 근무하게 됐습니다. 이렇게 뵙게 되어 무척 기쁩니다. 앞으로 많이 가르쳐 주시고 잘 부탁드리겠습니다."

"저야말로 잘 부탁드릴게요."

재건이 악수를 교환하며 찬성에게 물었다.

"원래 다른 출판사에서 근무하셨나 봐요?"

"네, 저기……."

찬성은 코끝을 긁으며 주변을 두리번거리더니 말했다.

"해태미디어에 있다가 래프북스로 옮겨온 겁니다."

그 말에 다른 작가들이 일순 두 눈을 동그랗게 떴다.

해태미디어를 통해 직접적으로 피해를 봤던 봉이의 반응이 가장 도드라졌다. 턱이 떨리도록 입을 꾹 다물고 찬성을 뚫어져라 바라보는 중이었다.

'해태미디어에서 왔다니…….'

색안경을 끼지 않을 수가 없었다.

그나마 재건 덕분에 밀린 인세를 받아서 망정이지, 아니었다면 불편한 심기를 무심코 표정에 드러냈을지도 몰랐다.

"아무튼 정말 반갑습니다."

봉이를 의식한 재건이 활기차게 말을 이었다.

"래프북스 정말 좋은 회삽니다. 대표님만 봐도 알 수 있는 부분이죠. 제가 더 브레스 계약한 회사라고 없는 얘기하는 거 아닙니다."

작가들이 가볍게 웃음을 터뜨렸다.

웃음소리가 잦아지는 때를 기다려 태원이 말했다.

"요즘 하 작가님 때문에 회사로 전화 많이 와요."

"저 때문에요? 무슨 전화요?"

"해태미디어랑 계약했던 작가님들이요. 다들 하 작가님 덕분에 밀린 인세 받을 수 있었다고요. 꼭 감사드리고 싶다면서 연락처 물어보는 통에 아주 전화기가 쉴 틈이 없습니다."

재건은 대답 대신 쓴웃음을 지었다.

도대체 이 사실을 인터넷에 최초로 밝힌 사람이 누구일까.

사무실의 작가들 아니면 해태미디어 쪽 직원이겠지만 정체를 알 수가 없는 것이다.

옆에 서 있던 민호도 말을 거들었다.

"하재건 작가의 위엄이라는 제목으로 인터넷에 돌아다니는 글 보셨어요?"

"아니, 그런 글까지 돌아다녀요?"

"이거 보세요."

민호가 자신의 노트북으로 해당 글을 검색해 화면에 띄웠다.

재건을 비롯한 작가들이 그 앞으로 모여들었다.

[하재건 작가가 빈곤한 작가들 통수 치지 말라는 식으로 단단히 한마디 했다고 합니다. 밀린 인세 지급하지 않으면 회사 거꾸러뜨리겠다고요. 그래서 해태미디어가 알아서 긴 거죠. 지금 밀린 인세 받은 작가님들은 다 하 작가님에게 감사드려야 합니다.]

"······."

재건은 황당한 표정으로 입을 반쯤 벌렸다.

완전히 없는 말은 아니었지만 과장된 부분이 너무 많았다.

원문 아래 이어지는 댓글들은 더더욱 가관이었다.

─미얄 : 하재건 사무실 작가 중에 해태미디어에서 출간했던 작가가 있나 봐요. 그러니까 나섰던 거겠죠?

─달죠경진 : 근데 하재건 페젤론 시리즈 해태미디어에서 내지 않았어요? 사이좋은 거 아닌가?

─유동1 : 사이좋기는;;; 제가 해태미디어에 아는 직원 있어서 들었는데, 해태미디어 대표랑 실장까지 전부 하재건 앞에서 무릎 꿇었다던;;;;

─제리엠 : 윗분 진짜요??? 헐, 대박ㅋㅋㅋㅋㅋㅋ

─목마 : 하재건 작가 대체 정체가 뭐임??? 예전에 마스터 피자 회장 무릎 꿇렸던 사진도 진짜 합성이 아닌 듯 ㅎㄷㄷ

—서담 : 하재건 작가 사무실 입주하는 방법 좀 알려주세요.

"아니, 이게 무슨 황당무계한 소리들이야……? 누가 누구 무릎을 꿇려?"

"인터넷이 다 그렇죠, 뭐. 그래도 너무 염려하지 마세요. 부정적인 댓글은 거의 없어요."

"아, 진짜 어디서 이 얘기가 퍼져 나간 걸까요. 우리 사무실 작가님들은 다 아니시고, 그럼 해태미디어 쪽이란 얘기잖아요."

"근데 그것도 이상한 게 해태미디어 직원이 밝힌 게 맞다면 완전 팀킬 아니에요?"

작가들이 저마다 한마디씩 내놓으면서 사무실이 소란스러워졌다.

찬성은 화장실에 가는 척 살며시 무리에서 빠져나왔다. 등줄기에서 진땀이 다 흘러내리고 있었다.

'이래서 술 마시고 인터넷을 하면 안 된다니까……!'

찬성은 낯가죽이 벗겨지도록 찬물로 얼굴을 문질렀다.

어찌 됐든 재건을 존경하는 마음으로 밝혔던 것이기에 큰 후회는 없었다. 거울 너머 벌게진 자기 얼굴이 우스꽝스러워서 찬성은 히죽 웃었다.

"네가 그러고도 매니저야!"

"정말 죄송합니다! 피곤해서 혼자 있고 싶다고 하더니 갑자기 이렇게……!"

실장의 불호령 앞에서 매니저는 고개를 들지 못했다. 학질에 걸린 사람처럼 애처롭게 몸을 떨어대기만 바빴다.

"그걸 변명이라고 해?! 혼자 있고 싶다는 말에 그냥 덜컥 혼자 있게 놔둬?! 너 당장 나가, 인마!"

"죄송합니다, 실장님. 제가 지금 당장 후쿠오카로 날아가서 데려오겠습니다."

매니저가 거듭 고개를 조아렸다.

실장은 양 허리춤에 손을 얹고 천장을 향해 한숨을 토해냈다.

보라가 어떤 성격인지 그도 모르지 않았다. 대놓고 매니저만 탓할 수도 없는 일이었다.

"지금 때가 어느 땐데 이런 미친……!"

사전에 한마디 말이라도 해줬으면 이렇게까지 불안하진 않았으리라.

일언반구도 없이 비행기를 타고 일본으로 날아간 보라의 목적이 뭘까.

매니저에게 남긴 한 줄의 메시지 그대로 단순한 여행일까.

드르륵!

주머니 속에서 핸드폰이 울렸다.

기다리고 있었던 전화기에 실장은 즉시 받았다.

"어, 알아봤어?"

─조철원 이사 관련해서는 아닌 것 같습니다. 태국으로 골프 치러 갔던데요?

"확실해?"

─확실합니다. 씨앤굿 인수되면서 샤바샤바하느라 한창 정신없을 때잖습니까. 사진도 봤습니다.

"그래, 일단 알았어."

전화를 끊은 실장은 고개를 갸웃거렸다.

ICU의 모회사 씨앤굿의 조철원 이사가 보라의 스폰서란 사실은 기본적으로 알고 있다. 여러 번 위기도 있었다. 그때마다 대표와 실장이 힘을 써서 기자들의 입을 막고 언론을 통제하곤 했다. 보라의 상품성은 여전히 작지 않으니까.

'정말 그냥 여행인가……?'

어쨌든 실장은 한시름 놓았다. 조 이사와의 동행이 아니라는 사실 하나만으로도 적잖은 위안이 되어주었다.

"계속 전화 때려봐."

실장이 매니저의 미간을 손가락으로 가리키며 을러댔다.

"전화 받으면 위치부터 파악해. 그리고 날아가서 데려와. 일 똑바로 해, 자식아. 여기가 네 평생직장일 줄 알아?"

"명심하겠습니다, 실장님. 잘하겠습니다."

"말로만 잘한다고 하지 말고."

매니저는 여전히 겁에 질려 몸을 떨고 있었다. 실장은 속으로 미안한 마음이 들어 짐짓 목소리를 누그러뜨렸다.

"피골이 왜 이렇게 상접했어? 끼니 똑바로 챙기고 있냐?"

"네, 네…… 실장님."

실장이 10만 원 수표 한 장을 꺼내 매니저의 주머니에 넣어주었다.

"어디 가서 좋은 것 좀 먹어."

"고맙습니다."

"또 몇 마디 했다고 주눅 들지 말고 어깨 펴, 인마. 너 고생하는 거 나도 알아. 그래도 네 일이잖아. 맡은 일은 항상 잘 관리하고 어떻게든 수습을 해야지."

"명심하겠습니다. 정말 죄송합니다."

실장이 매니저의 어깨를 다독여 주고는 자리를 떴다.

사무실에 홀로 남은 매니저는 바로 핸드폰을 꺼내 전화를 걸었다.

한 번, 두 번, 세 번…….

포기하지 않고 네 번째 걸었을 때 드디어 전화가 연결되었다.

―아, 왜!

"보라야, 대체 나한테 왜 이러니?"

―내가 뭘? 일본으로 여행 간다고 톡 남겼잖아.

"나 네 매니저야…… 사전에 나하고 의논을 했어야지."

―의논은 무슨 의논? 오빠랑 의논하면 섭외가 들어와? 아님 광고 계약이 연장돼? 일없이 집에서 요가나 하면서 시간 죽이는 것도 하루 이틀이지. 나 미쳐서 돌아버리기 일보직전이었거든?

"대표님 엄청 화나셨대. 나 실장님한테도 된통 깨졌어. 일단 돌아와라, 보라야. 너 지금 근신 중인데 바깥에서 또 괜히 사고라도 치면……."

보라의 앙칼진 코웃음 소리가 매니저의 말을 끊었다.

―누가 보면 내가 트러블 메이커인 줄 알겠네. 아, 그래서 사고 쳐도 아무도 모르는 데서 치려고 일본까지 온 거 아냐! 알아서 잘 놀다 돌아갈 테니까 이제 전화하지 마! 끊어!

뚝!

"보라야! 보라야! 이런 씨발 진짜……!"

절로 입에서 욕이 터져 나왔다.

매니저는 핸드폰을 박살 내 버리고 싶은 충동을 억누르며 다시 통화 아이콘을 눌렀다. 전화기가 꺼져 있다는 음성이 되돌아왔고 그는 짐승처럼 괴성을 토해냈다.

109장
안 되긴 뭐가 안 돼요

"현 선배, 밥 안 먹어요?"

"너 먼저 먹으러 가. 난 아직 퍼퓸 인터뷰 미진한 부분이 있어서 호텔로 다시 가 보려고."

"하여간 어디서건 열심히셔. 그럼 이따 숙소에서 봐요."

"오케이. 또 혼자 사케 먹고 뻗어 있지나 마라."

후배 기자와 헤어진 성범은 호텔 쪽으로 발길을 틀었다.

일본어로 가득한 도심을 지나는 그의 발걸음이 가벼웠다. 내한 공연을 앞둔 일본 걸그룹의 취재 내용이 좋은 까닭이다. 좋은 기사를 쓸 수 있을 것 같았다.

한적한 사거리의 신호등 앞에서 멈춰 섰을 때였다.

"으음……?"

길 너머를 향한 성범의 두 눈이 가늘어졌다. 상당히 낯익은 40대 중후반의 한 남자가 그의 시야 한가운데에 들어와 있었다.

"누구지, 분명히 어디서 본 얼굴인데……."

신호가 녹색으로 바뀌었다.

성범은 횡단보도로 걸음을 내디뎠다. 남자와의 간격이 좁아질수록 낯익은 느낌의 얼굴은 더욱 또렷해졌다.

'아! 동명 네트웍스!'

끝내 기억을 떠올린 성범이 혼자 손뼉을 쳤다.

동명 네트웍스는 방송 프로그램, 특히 드라마를 전문적으로 제작하는 업체였다. 눈앞의 남자는 동명 네트웍스의 대표이사 이동명이었다.

'무슨 일로 일본에 왔지? 인사나 해볼까?'

방송국을 드나들면서 몇 번 인사를 나눈 적은 있었다. 편안한 옷차림을 보니 업무로 온 것은 아닌 듯했다. 성범은 명함이 든 지갑을 꺼내 들면서 동명을 향해 걸음을 내디뎠다.

바로 그 순간.

"오래 기다리셨어요?"

갑자기 시야 속으로 한 여자가 파고들었다.

성범은 기겁해서 길가의 바리케이드로 다급히 몸을 숨겼다.

'뭐, 뭐야…… 이건?'

동명의 손을 꼭 잡으며 아양을 떠는 여자는 성범도 익히 아는 사람이었다.

동명은 그녀의 손을 가볍게 떨쳐 내고는 근심스런 눈초리로 사방을 두리번거렸다.

성범은 침을 꿀꺽 삼키며 핸드폰 카메라를 작동시켰다. 기자의 본능이었다. 두 사람이 무슨 관계인지 생각하는 건 사진부터 찍고 난 후의 일이었다. 연달아 찍히는 수십 장의 사진이 계속해서 핸드폰에 저장되고 있었다.

"길거리에서는 몸가짐 주의하자구."

"에이, 누가 본다구요. 우리 대표님 또 부끄럼 타시네."

"그러게 수영장에서 만나자니까."

"항상 이럴 수 있는 것도 아닌데 기분 좀 내요. 가요."

성범은 심장이 터질 것 같았다. 연예부 선배 기자 차형진이 술자리에서 해줬던 말이 떠올랐다. 특종의 순간은 아무런 예고도 없이 갑작스럽게 찾아온다고.

"점심은 먹었어?"

"대표님이랑 먹으려고 아침부터 굶었어요. 마침 다이어트 하는 중이기도 하구요."

"뺄 살도 없는걸 뭐."

동명과 보라는 대화를 나누며 나란히 걸음을 옮기기 시작했다.

성범이 은밀히 뒤를 쫓으려는 찰나, 핸드폰이 울리면서 카메라 모드가 해제되었다. 선배기자 형진으로부터 걸려온 전화였다.

"선배, 제가 나중에 다시 전화할게요."

성범이 눈앞을 바짝 주시한 채로 받자마자 말했다.

늘 그렇듯 악의 없이 빈정거리는 형진의 말이 돌아왔다.

-왜? 뭐 특종이라도 잡은 거 같은 투다?

"네, 잡았어요."

-진짜? 뭔데 그래?

"제가 금방 전화한다고요. 이거 보면 형도 놀라서 뒤로 나자빠질 겁니다. 끊어요."

핸드폰이 카메라 모드로 되돌아왔다.

앵글 한가운데에 동명과 보라가 나란히 서 있었다.

성범은 이를 꽉 악물고 주도면밀하게 추격을 계속했다. 기자로서도 쾌거였지만 그보다 보라는 사람 한번 잘못 건드렸다.

BIG LIFE

EBC 라디오 방송국의 복도 끝에는 자판기와 의자가 있다.

재건이 이곳에 올 때마다 시간이 남으면 휴식하는 장소였다. 지금도 그는 방송을 앞두고 커피 한 잔을 마시려는 중이었다.

'이런, 지갑을 괜히 차에다 두고 와서……'

재건은 낭패에 젖어 주머니를 뒤적거렸다.

주머니 어디에서도 100원짜리 동전 한 닢 나오지 않았다.

아는 사람이라도 없을까 주위를 돌아본 그의 두 동공이 확대되었다.

"안녕하셨어요, 하 선생님."

눈앞으로 다가와 선 혜상이 미소 띤 얼굴로 인사를 건넸다. EBC 대표 아나운서다운 단정한 미모는 여전했다.

"안녕하세요, 혜상 씨. 오랜만입니다."

"그러게요. 어느새 해가 넘어갔네요. 오늘 작가의 밤 때문에 오신 거죠?"

"네, 맞아요. 혜상 씨는요?"

"저는 바로크 음악 특집 게스트로 왔어요. 오늘은 진행자가 아니라 하 선생님과 비슷한 입장이에요."

혜상이 두 눈을 초승달 모양으로 만들며 웃었다. 이어 자판기를 손짓으로 가리키며 그녀는 물었다.

"커피 하시려고요?"

"아, 네…… 혜상 씨도 한잔하시려고 오신 거죠? 제가 근데 지금 지갑을 두고 와서…….”

재건이 텅 빈 주머니를 재차 뒤적이며 말끝을 흐렸다.

혜상은 손지갑의 지퍼를 끄르며 한 걸음 나섰다.

“그러신 것 같아 보였어요.”

“아, 이미 보셨습니까……. 민망하네.”

“전에 얻어 마셨으니 오늘은 제가 살게요. 여기 차가운 것도 있는데 찬 걸로 드시겠어요?”

“네, 부탁드립니다.”

두 캔의 커피가 연달아 떨어졌다.

스커트를 잡고 다리를 굽히려는 혜상보다 빠르게 재건이 커피를 꺼냈다.

“고맙습니다.”

“얻어 마시는 주제에 서빙 정도는 기본으로 해야죠.”

두 사람이 세로로 긴 의자에 나란히 앉았다.

혜상이 하얗게 김이 서린 창문으로 눈길을 주며 말했다.

“올해에는 결혼하시겠네요.”

“네, 아마도 그렇게 될 것 같습니다.”

“신부 되실 분이 참 예쁘세요. 그렇게 예쁘면서 왜 게임회사 직원이냐고 SNS에서 난리도 아니던데요.”

“하하, 그러게요. 생긴 거랑 다르게 은근히 자기 드러내는 부분에서는 숫기가 없어요. 좋아하는 분야에서는 안 그러지만요."

"결혼식 하실 때 청첩장 꼭 보내주셔야 해요."

"꼭 보내드리겠습니다. 혜상 씨가 와주시면 하객들 반응이 어떨지 상상도 안 가네요."

시간이 지나고 또 한 살을 먹은 까닭일까. 대화를 나누는 두 사람은 한없이 편안한 모습이었다.

복도 끝머리에서 사람들의 크고 작은 발소리가 이따금 울렸다.

조용하고 아늑한 휴게실에서 마시는 한 잔의 커피는 무척 맛이 좋았다.

"요즘 혜상 씨는 뭐……."

"그럼 하 선생님은 이제……."

두 사람이 동시에 입을 다물고 머쓱하게 웃었다.

"하 선생님 먼저 말씀하세요."

"별거 아니니까 혜상 씨가 먼저 하시죠."

"저도 특별한 건 아니고, 요즘 어떤 글 쓰시는지 궁금해서요."

재건이 거기에 대답하려는 찰나, 복도 끝으로 나타난 PD가 재건을 향해 손을 흔들어 보였다. 방송 준비가 되었다는 신호였다.

"죄송한데 이제 들어가 봐야 할 것 같습니다. 대답은 오늘

방송으로 대신하겠습니다."

"네, 선생님. 파이팅이요."

혜상이 응원하듯 두 주먹을 살짝 들어 보였다.

재건도 주먹을 꾹 쥐어 답하고는 일어섰다. 복도를 가로지르는 발걸음에는 힘이 넘쳐 났다.

BIG LIFE

"자기야, 사과 하나만 더 깎아줘."

"안 그래도 깎고 있습니다, 마님."

어두운 거실의 TV에서 고전 명화가 흘러나오고 있었다.

대부분의 사람이 잠든 깊은 밤이었다. 테라스 바깥으로 보이는 고층 아파트들도 몇 집을 제외하고 모두 불이 꺼져 있었다.

"이제 좀 자야지."

사과 접시를 가지고 돌아온 명석이 말했다.

소파에 모로 누워 있던 유진은 싱긋 웃으며 접시를 받아 들었다.

"잠들려고 보고 있는 거잖아."

"카사블랑카야?"

"어, 수십 번을 봐도 좋다니까. 잉그리드 버그만 참 예쁘지."

"난 결말이 너무 쓸쓸해서 한 번 보고는 좀처럼 다시 안 보게 되던데."

그렇게 대꾸하며 명석은 정리된 거실을 돌아보았다.

둘만의 보금자리로 구한 아파트였다. 오늘 하루를 투자해 거실과 주방부터 모든 방까지 말끔히 청소를 끝냈다.

38평형의 면적은 결코 좁지 않았다. 그럼에도 불구하고 사람을 쓰는 대신 직접 한 건 유진과 아기를 향한 명석의 애정이기도 했다.

"이런 거 아기한테 나쁘지 않을까."

"어머, 엄청나게 쓸데없는 걱정. 공포 영화도 아니고."

"세상을 만나보기도 전에 이별부터 배우면 어떡해."

"어, 음…… 묘하게 설득력 있는데?"

유진이 아랫배를 쓰다듬으며 중얼거리더니 결국 TV를 껐다.

명석의 어깨에 머리를 살포시 기대며 웃는 그녀는 지금 세상에서 가장 행복한 여자였다.

"뭔가를 자꾸 잊어버린 듯한 느낌이 들어."

"자는 걸 잊었겠지. 이제 들어가서 자자."

명석이 유진의 손을 잡고 살며시 일으켜 세웠다.

안방으로 한 걸음을 내딛던 유진이 별안간 손뼉을 쳤다.

"아차, 생각났어. 오늘 하 작가님 라디오."

"아, 작가의 밤?"

명석이 부랴부랴 라디오의 전원을 켰다.

재건의 방송은 그에게도 무척 중요한 일이었다. 온종일 청소하고 집안을 돌보느라 새까맣게 잊고 있었다.

"빨리 맞춰봐. 금방 끝나겠어."

"기다려 봐, 이제 나온다."

[……다음으로 독자들이 정말 기대하는 건 역시 신작이거든요. 요즘 하 작가님께서는 어떤 글을 쓰시고 계신가요?]

[으음, 네. 우선 마켓 플레이스에 수록될 나머지 단편소설들을 부지런히 쓰고 있습니다. 세 작품을 더 쓰면 한 권의 책으로 엮을 수 있을 것 같아요.]

[저도 독자로서 무척 기대가 큽니다. 아직 공개되진 않았지만 단편집에 수록될 소설 중 하나가 기존에 3부작 드라마로도 만들어져 방영이 되었던 거잖아요?]

[네, 그렇습니다. 당시 완성된 소설을 토대로 시나리오를 다시 썼었지요.]

명석과 유진은 도로 소파에 나란히 앉아 귀를 기울이고 있었다.

진행자와 재건의 차분한 목소리가 밤의 세상을 번갈아 울렸다.

[드라마 반응이 무척 좋았습니다. 단막극임에도 불구하고 첫 방영에 시청률이 두 자릿수였어요. 잠시만요, 여기 자료가 있는데…… 네, 무려 14%였습니다. 당시 하 작가님은 느낌이 어떠셨습니까?]

[얼떨떨했습니다. 그전에 영화화됐던 스무 살의 여름이나 바다가 있었다는 원작 소설이 있었거든요. 아무래도 이건 제목의 힘이 아닌가 싶습니다.]

[제목의 힘이라뇨? 그건 또 무슨 말씀이십니까?]

[제 주변분들이 하나같이 입을 모아 말하는 게 있어요. 제목 짓는 센스가 부족하다고요. 마켓 플레이스도 원래 제목은 시장과 사람들이었어요. 지나치게 구식이라는 이유로 반려되고 지금의 제목이 되었죠.]

사회자가 참지 못하고 웃었다.

경청하던 명석과 유진도 소리 내어 웃음을 터뜨렸다. 재건의 자못 심각해하는 표정이 눈앞에 떠오르는 것 같았다.

[마켓 플레이스 외에 또 준비하시는 건 없으십니까?]

[풍천유 필명으로 완결한 더 브레스를 다각도로 활용하기

위해 준비하고 있습니다. 더 브레스에 대한 건 조금 더 상황이 확실해진 다음에 말씀을 드릴 수 있을 것 같고요. 그밖에는…… 뭔가 애매한 마음으로 준비하기 시작한 글이 있어요.]

[애매한 마음이요?]

[최근 들어 사람의 악의라는 것에 대해 생각해 보게 됐습니다. 누구나 그렇겠지만 저도 살아오면서 만났던 수많은 사람이 항상 호의적이지만은 않았어요. 지금껏 느껴온 악의를 저도 모르는 사이에 글줄로 되새기게 됐습니다.]

"이 악의라는 글에 대한 얘기 하 작가님한테 들었어?"

"아니, 아직."

명석이 진중한 표정으로 한쪽 광대를 실룩이며 대꾸했다.

재건의 신작에 관한 이야기를 라디오에서 먼저 듣게 될 줄이야.

그간 유진과 지낼 집을 구하고 부산스러워진 주변을 정리하느라 여유가 없었다. 몇 번 전화해서 안부를 물은 것이 고작이었다. 재건에게 미안한 마음이 명석의 가슴 가득히 차올랐다.

[사람의 악의라……. 듣기만 해도 어쩐지 등골이 서늘해지는 표현인데요. 장편소설일까요? 장르는 어떨지 궁금합니다.]

[정해진 것이 없습니다. 우선 제가 주변 사람들을 통해 느낀 악의들을 하나로 종합해서 인물부터 먼저 조형하고 있거든요. 인물이 완성된 다음에야 장르라든가 이야기라든가 그런 걸 생각해 볼 수 있을 것 같습니다.]

[주인공이 악인일 거라는 점은 확실하겠군요?]

[과연 예리하십니다.]

명석은 펜을 잡고 재건의 말을 부지런히 요약했다. 재건을 만나 신작에 대해 얘기할 때 바로 본론으로 들어갈 수 있도록.

스피커에서는 재건의 목소리가 계속 흘러나오고 있었다.

[사실 제가 참 좋아하고 지금도 여러모로 배우는 편집자가 두 사람 있습니다. 그중 한 분과 상의가 필요한데, 이분이 요즘 무척 바쁘실 때라 연락을 드릴 수가 없네요.]

[이 자리를 빌려서라도 한 말씀 해주시죠.]

[감사합니다. 음, 사랑하는 오 편집장님. 만나 뵙고 술 한잔 나눈 지도 무척 오래됐네요. 보고 싶습니다. 제가 따라드리는 술 한잔 드시고 술값은 편집장님께서 전부 내주세요.]

펜을 멈춘 명석이 꾹 다문 입으로 웃었다. 옆의 유진이 그를 꼭 안아주며 넌지시 말했다.

"나는 아기 때문에 하 작가님 만나면 안 되겠네."

"그러게. 사람의 악의라니…… 무섭군."

명석은 시계를 보며 방송이 끝날 시간을 가늠했다.

그런 다음 재건에게 보낼 메일을 작성하기 시작했다.

비록 집에서 쫓겨났지만 여전히 웅성의 편집장이다. 그리고 재건은 가장 소중한 작가다. 다시 움직일 때가 되었다.

BIG LIFE

"안 돼, 무조건 안 돼."

"안 되긴 뭐가 안 돼요, 선배? 대체 왜요?"

주간경향 본사 건물의 옥상.

성범이 이마를 찌푸리며 따지듯이 물었다. 눈앞의 연예부 선배 기자 형진은 벌써 세 개비째의 담배를 꺼내 무는 중이었다.

"너 동명에서 우리한테 넣는 광고가 얼마나 되는지 알아?"

"그게 무슨 상관이에요? 기자가 그런 거 눈치 보고 기사 써야 합니까?"

"사장이 싫어한다고! 사장하고 이동명하고 호형호제하는 거 모르냐? 왜 이렇게 철딱서니가 없어? 네가 독박 쓸래?"

"네, 쓸게요. 쓰면 되잖아요."

"아 놔, 진짜 성범아⋯⋯!"

형진이 하얀 연기를 뻑뻑 뿜어냈다. 슬그머니 곁눈질을 하는 것이 뭔가 할 말이 있는 기색이었다. 하지만 결국 털어놓지 못하고 그는 말을 돌렸다.

"너 가슴에 손 얹어봐."

"또 무슨 헛소리를 하시려고?"

"가슴에 손 얹어보라고, 이 자식아."

성범이 뚱한 표정으로나마 제 가슴에 손을 얹었다.

"얹었어요, 왜요?"

"뜨겁지?"

"당연히 빠쳤는데 안 뜨거워요, 그럼?"

"네 가슴은 원래 뜨거워, 새끼야!"

형진이 담배를 내던지고는 버럭 소리쳤다.

"몇 번이나 말하는데, 넌 기자할 성격이 아니야. 이거 순수하게 특종 잡았다는 기분이냐?"

"대체 뭘 말하고 싶으신 겁니까?"

"너 혼자 독박 쓰고 뒷감당하겠다는 각오는 알겠다. 그러면서도 굳이 이걸 터뜨리려는 이유가 뭐냐고. 하재건 때문이냐?"

"⋯⋯!"

"표정 보니까 맞네. 내 말 맞지? 아니면 바로 부정해 봐. 가슴 좀 식히라고, 이 못난 새끼야!"

성범이 형진의 손에서 담배를 갑째로 빼앗아 들었다. 그러고는 30초도 걸리지 않아 한 개비의 담배를 피우고는 매몰차게 돌아섰다.

"담배 좀 맛있는 거 피우세요. 제 생각 변함없습니다."

"야, 현성범!"

"국장한테만 먼저 찌르지 마세요. 먼저 내려갑니다."

성범이 거침없이 옥상을 빠져나갔다.

형진은 결국 잡지 못하고 우두커니 섰다. 멀어져 가는 후배의 뒷모습이 오래전의 자신과 겹쳐지고 있었다.

태양이 머리 꼭대기를 찌르는 정오 무렵.

속보는 껍질을 깨고 세상 한가운데에서 폭발했다. 현성범 기자 단독으로 나간 기사가 순식간에 인터넷 주요 포털 사이트와 SNS를 장악하기 시작했다.

[단독 입수, 연예인 채보라 일본 후쿠오카 한 호텔 수영장에서 포착. 함께한 남성의 정체는?]

[사진 1, 배영을 하고 있는 채보라의 두 손을 남자가 다정하게 잡아주고 있다.]

[사진 2, 썬베드에 나란히 누워 손을 잡은 두 사람의 모습.]

[사진 3, 수영을 마친 두 사람이 호텔로 돌아가고 있다.]

[채보라와 함께 찍힌 사진 속 40대 남성, 국내 모 유명 드라마 제작 업체 대표 이 모 씨로 밝혀져.]

"아니, 이게 뭐야?"

핸드폰으로 기사를 접한 태봉이 입을 떡하니 벌렸다.

영화 '질풍노도'의 촬영 현장이었다. 주연배우 도준은 옆에 앉아 지친 몸을 쉬고 있었다.

"뭘 그렇게 놀라는데?"

"네가 직접 봐라."

태봉이 핸드폰을 내밀어 보였다.

도준은 심드렁하게 두 눈을 들이밀었다. 그리고 사진을 보자마자 기겁해서 핸드폰을 빼앗아 들었다.

"채보라……?"

"기어이 이렇게 터지네. 야, 도준아. 이거 한눈에도 보통 사이가 아닌데?"

도준은 스크롤을 내리면서 기사에 첨부된 사진들을 하나하나 확인했다.

과연 태봉의 말대로였다. 사진 속의 보라와 남성은 자연스럽게 손을 잡거나 팔짱을 끼고 있었다. 결코 업무적인 관계로는 볼 수 없는 모습들이었다.

"이 남자 누구야?"

"확실하진 않지만 내가 보기엔 이동명 같은데."

"이동명? 동명 네트웍스 대표 말이지?"

"어, 몇 번 봤잖아? 모자이크 처리했어도 몸을 보면 감이
오지 않냐?"

"스폰일까?"

"아마도 그렇겠지."

대꾸하는 태봉은 여전히 놀라움이 가시지 않은 표정이
었다.

"이 난관을 어떻게 돌파할지 참 궁금하네. 사진이 너무 확
실한데. 워낙 여우같은 애긴 한데 사진이 사진이라 능글맞은
대처도 별무소용일 것 같다."

"……감탄스럽네, 정말. 이제 고작 스물하나 먹은 애가."

도준은 기가 막혀 혀를 내둘렀다.

이미 보라의 이름과 해당 사건은 실시간 검색어를 상위를
독차지하고 있었다.

SNS 쪽에서도 반응이 폭발적이었다.

보라를 감싸주는 쪽보다 질타하는 쪽의 비율이 절대적으
로 많았다.

"이제부터 특히 몸 사려라, 도준아."

태봉이 도준의 어깨를 툭 치며 말했다.

"아예 건드리지도 말고 자극도 하지 마. 막다른 골목에 몰리면 뭐할지 모르는 애다. 내 말 이해하지?"

"쓸데없는 걱정하지 마."

도준이 핸드폰을 태봉에게 되돌려 주고 일어섰다.

"가만히 놔둬도 알아서 자폭하게 생겼는데 할 게 뭐 있어?"

때맞춰 휴식 시간이 끝났다. 확성기를 통한 커다란 음성이 촬영 재개를 알리고 있었다.

피식.

현장으로 걸음을 옮기면서 도준은 웃음을 지었다. 지금 보라는 무슨 표정을 짓고 있을지 궁금했다.

110장
후회는 없다

"네, 실장님. 지, 지금 공항으로 가고 있어요……."

택시 뒷좌석에 앉은 보라의 얼굴은 시체처럼 창백했다. 말투도 떽떽거리던 평소와 다르게 고분고분하기만 했다. 상황이 상황이니만큼 주눅이 들지 않을 수가 없었다.

―너 진짜 미친 거 아니야!

전파 너머에서 소리치는 실장은 좀처럼 분노를 삭이지 못했다.

씨앤굿 조철원 이사와는 경우가 달랐다. 동명 네트웍스의 이동명 대표와의 내연 관계는 회사에서도 전혀 모르고 있었던 것이다.

―연예인이 프로그램으로 유명세를 타야지 이딴 스캔들로

인지도를 높여?! 회사에서 막아주는 것도 한계가 있어!

"정말 죄송해요……! 제, 제가…… 제가 진짜 드릴 말씀이……! 으흐흑……!"

보라가 기어이 훌쩍거리며 울기 시작했다.

운전석의 일본인 기사가 백미러를 통해 힐끗 그녀를 쳐다보고 있었다.

-언제부터야? 이동명하고 언제부터 만났어?

"얼마 안 됐어요……. 정말이에요."

-미치고 환장하겠군. 공항에서 딱 기다려.

대답하기도 전에 실장이 앞서 전화를 끊었다.

보라는 핸드폰을 두 손에 꾹 쥐고 고개를 떨어뜨렸다. 어금니가 부서지도록 이를 악물고 있었다. 연예인이 되고 난 이래 이처럼 경악스러운 일은 처음이었다.

'주간경향 현성범이라고……?'

얼굴도 모르는 한 기자를 향한 살의로 치가 떨렸다. 분한 눈물은 그칠 줄을 모르고 쏟아졌다.

후쿠오카의 외진 호텔이란 점에 안심한 것이 실수였다. 좀 더 주의를 기울였어야 했다. 하다못해 호텔 안에서만 은밀하게 만났어야 했다.

하등 소용없는 후회로 몸서리를 치면서 보라는 제 머리를 뒤헝클었다.

드르륵!

"핫!"

깜짝 놀란 보라가 진동하는 핸드폰을 떨어뜨렸다. 빛나는 액정에는 조철원 이사의 이름 세 글자가 떠오르고 있었다.

떨리는 손으로 핸드폰을 집어 든 보라는 머뭇거린 끝에 통화 아이콘을 끌어당겼다.

"네, 네…… 이사님."

─이거 사실이야?

"네? 뭐, 뭐가요……?"

─능청 부리지 마. 당사자가 여태 뉴스를 못 봤을 리는 없고. 이동명이지? 내겐 힐링 여행이라고 둘러대 놓고선 실상 이동명을 만나러 간 건가?

조 이사의 음성은 더없이 싸늘했다. 지금껏 세간의 눈을 피해 만나오면서 이토록 차갑게 말하는 건 처음 들었다.

보라는 터질 것 같은 가슴에 손을 얹고 극구 변명했다.

"오해세요, 이사님. 저, 정말 오해세요. 사실이 아니에요."

─그럼 사실을 말해보지그래. 지금 통화에서 날 이해시키지 못하면 각오해야 할 거야.

"우, 우연히 만났어요. 같은 호텔에 머물고 있는 줄도 몰랐어요. 다만 회사에서 몇 번 본 적 있는 분이고……."

보라는 말하는 도중 목이 메어서 몇 번이고 침을 삼켜야만 했다.

"사진이 이상하게 나온 거예요, 이사님. 다소 허물없이 놀았던 건 인정하겠어요. 제가 수영을 잘 못하니까 어쩌다 보니 손을 잡아주신 거예요."

─어쩌다 보니 잡았다고? 썬베드에 나란히 누워서도 어쩌다 보니 손을 잡았나? 그리고 팔짱은 왜 꼈지?

"사진을 이상하게 찍은 거예요! 썬베드에 누웠을 때 제 팔찌가 떨어졌어요. 교묘하게 손이 겹치는 순간 찍은 거라구요. 팔짱은…… 팔짱은 이 대표님이 이렇게 만난 것도 인연이라면서 선물을 사 주시겠다고……! 그래서 뜯어말리는 모습이 또 공교롭게 그런 사진으로 찍힌 거예요……!"

─지금 그걸 나더러 믿으라고 하는 소리야?

"제발 믿어주세요, 이사님. 저 너무 억울하고 두려워요. 이사님마저 이러시면 저 이대로 무너져 버려요. 제발, 제발요…… 으흐흐흑……!"

보라가 눈물을 흩뿌리며 오열했다.

기존에 보였던 보잘것없는 연기력이 이 상황에서는 오히려 덕이었다.

무심결에 진심이라고 받아들인 조 이사가 침음을 흘리고 있었다.

─정말…… 이야?

떨떠름한 어조의 질문이 이어졌다.

보라는 거칠게 눈물을 삼키며 쥐어짜는 듯한 목소리로 대답했다.

"정말이에요, 이사님. 저 어떤 앤지 아시잖아요."

그 어떤 작품에서도 보인 적 없었던 극상의 연기력을 뽑아내고 있는 보라였다.

이동명 대표 쪽을 비롯한 뒤처리는 나중 문제다. 그간 받은 것이 많았다. 그것을 잃지 않으려면 조 이사부터 안심시키는 일이 시급했다.

─내 판단이 약간 성급했던 것 같군.

얼마 못 가 조 이사의 누그러진 음성이 나직이 이어졌다.

─아무리 그래도 그렇지, 어린애도 아니고 처신을 그렇게 해서야 되겠어? 게다가 넌 연예인이잖아.

"죄송해요, 이사님. 뼈저리게 반성하고 있어요."

─알겠어, 자세한 건 만나서 얘기하자구. 조심해서 돌아오고 오피스텔 도착하면 바로 전화해.

"네, 이사님. 곧 뵐게요."

전화를 끊자마자 보라의 흐느낌도 뚝 멎었다. 젖은 두 눈을 티슈로 닦으면서 그녀는 차츰 침착함을 되찾고 있었다.

'차라리 잘된 건지도 몰라. 스캔들을 덮기 위해서라도 동명 네트웍스에서의 드라마 얘기가 빨리 진행될 수도 있을

테니.'

나쁜 일은 절대로 생각하지 않는다. 좋은 일만 생각하기에도 보라의 하루 24시간은 빠듯했다.

차창 너머 멀리에서부터 공항의 윤곽이 보이기 시작했다.

BIG LIFE

[채보라 공식 입장 전문, '소문은 사실 무근, 조만간 기자회견 통해 상세히 입장을 밝힐 것']

귀국한 보라는 즉각적으로 입장을 정리해 전문을 기사로 내보냈다. 소속사 및 동명 네트웍스 측과 입을 맞춰 준비된 글이었다.

보라의 입장이 발표된 직후. 긴가민가해서 숨죽이고 있었던 팬들이 일제히 키보드를 잡았다. 이들은 그간 TV의 여러 방송을 통해 좋은 인상을 착실히 쌓아온 보라를 열렬하게 지지했다.

-그것 봐~ 우리 천사 같은 보라 언니가 그런 더러운 일을 할 리가 없지~ 오늘도 할 일 없는 안티들 직장은 구하심?

-캬아~ 보라 누나 빠른 입장 발표 굿입니다. 켕길 구석이 없

으니 반응이 빠를 수밖에 없지요. ^^

—하여간 음흉한 기자들 사진 교묘하게 찍어서 사람들 현혹시키는 건 알아줘야 함. 주간경향도 쓰레기 찌라시였네.

—사람이 지나치게 착해도 탈이다……. 안 그래도 보조 작가 원지연인가 그 미친년 때문에 힘든 시간 보내고 있는 사람을 이렇게 또 괴롭히나. 보라 누나 어디 무서워서 사람이나 만날 수 있겠니?

—내 말이;;; 이러다 보라 언니 대인공포증 걸리실 듯 ㅠㅠ 힘내세요, 언니. 언니 믿고 지지하는 팬이 이렇게 많아요!

"거 반응 한번 하루 만에 지랄이네……!"

SNS의 반응들을 확인하며 성범은 이를 빠드득 갈았다.

선배 기자 형진이 마지막 한 잔의 소주를 쭉 들이마시고는 코웃음을 쳤다.

"TV에서 보여준 모습은 누가 봐도 천사니까."

"아무리 그래도 그렇지, 선배. 이 사진들을 보고도 어떻게 이런 반응이 나옵니까? 이게 어쩌다 보니 손을 잡은 모습이에요? 그리고 뭐 처음 만나? 와, 진짜 변명하는 거 보면 혓바닥으로 신발 끈도 묶을 수 있겠어, 아주 그냥."

성범은 호텔 안에서 추가적인 사진을 찍지 못한 게 통탄스러웠다.

방으로 들어가는 모습을 포착했더라면 이따위 보라의 변명들은 씨도 먹히지 않았을 텐데.

"이쯤에서 접어."

형진이 거의 다 먹은 국밥 뚝배기 바닥을 숟가락으로 휘저으며 말했다.

"동명 네트웍스랑 ICU, 그리고 씨앤굿에서 한꺼번에 연락 왔어. 국장이 특별히 문제 삼지 않을 테니까 여기서 더 캐지 말래. 너 존나 운 좋은 거야, 짜샤."

"……."

"우라까이나 치면서 한동안 몸 사리라고, 너 때문에 내가 대신 된통 깨졌다. 사무실은 왜 안 나왔어?"

"깨질 게 뻔한데 나가봤자 뭐합니까."

"이빨은 청산유수여 가지고…… 네가 계산해, 새끼야."

드르륵!

자리에서 일어서려는 찰나 성범의 핸드폰이 울렸다. 상대의 이름을 확인한 그는 즉각 전화를 받았다.

"아이고, 우태봉 씨 아니세요?"

-안녕하세요, 현 기자님. 잘 지내시죠?

"그럼요, 잘 지내다마다요."

-요즘 회사에서는 좀 싱숭생숭하시겠습니다.

"뭐 그렇지만도 않습니다. 어느 정도 각오도 했고요."

재건과 사이가 가까워지면서 그의 친구인 도준과도 친해졌다. 그래서 성범은 도준의 매니저인 태봉과도 자연스레 연락을 해오고 있었다.

−메일 한 통 드렸습니다.

태봉의 진중해진 음성이 전파를 갈랐다.

카운터 앞에 선 성범이 어깨와 귀 사이에 핸드폰을 낀 채로 지갑을 꺼내며 되물었다.

"메일이요?"

−이걸 어떻게 사용하실지는 전적으로 현 기자님께 맡기겠습니다. 출처는 묻지 말아주셨으면 합니다.

"으음, 네…… . 알겠습니다."

성범은 더 캐묻지 않았다. 메일을 보냈다고 하니 직접 확인하고 판단하면 될 일이다.

인사를 나누고 전화를 끊은 성범에게 형진이 기다렸다는 듯이 물었다.

"무슨 전화야?"

"나중에 얘기할게요."

"이제 나한테도 숨기냐?"

"선배 입장 곤란해질까 걱정돼서 배려하는 거 아닙니까. 거, 답답하게 구시기는."

성범은 화장실에 간다는 핑계로 자리를 피해 메일함에 접속했다. 과연 파일이 첨부된 메일 한 통이 날아와 있었다.

'대체 뭘 보낸 거야?'

성범은 의아함 반 호기심 반으로 메일 제목을 클릭했다.

첨부된 파일은 10장 전후의 사진이었다.

하나같이 낙엽으로 물든 가을의 거리가 배경이었다.

"……!"

사진을 한 장씩 확인하며 내려갈수록 성범의 입도 점점 더 크게 벌어지고 있었다.

BIG LIFE

"하 작가님, 저 기억하세요? 너무 오랜만에 뵈어요."

"안녕하셨어요? 스타벅스 회식 때 이후로 이렇게 다시 뵙게 되네요. 요즘 글은 어떠세요?"

민호와 은영의 결혼식장.

드넓은 홀이 무수한 하객들로 붐볐다.

두 작가의 결혼식이기에 하객 중에는 작가가 상당수였다. 그 많은 작가의 태반이 오직 단 한 사람, 재건을 둘러싸고 있었다.

"해태미디어 그 사건 사실이죠? 그거 하 작가님께서 손수 나서셨던 거 맞죠?"

"정말 속이 다 후련해졌습니다. 저희 사무실 선배도 해태미디어에서 계약했었는데 이번에 인세 받았대요. 하 작가님께 술 한잔이라도 대접하고 싶다고 장난 아닙니다."

"이렇게 다시 뵈니까 정말 신기해요, 하 작가님. 이제 그냥 작가님이 아니라 완전 연예인이시잖아요. 나 혼자 살아 너무 재밌어요. 게스트로 나오는 한유나 어쩜 그리 귀여워요?"

"오늘 뒤풀이도 있다면서요? 오늘은 좋은 날이니까 끝까지 남으시는 거죠? 스타벅스 때처럼 먼저 도망치시기 없는 겁니다?"

재건은 머쓱한 웃음을 빼물고 거듭 작가들에게 고개를 끄덕여 보였다.

이곳은 두 작가의 결혼식장이고 오늘의 주인공은 그들이다. 자신에게 집중되는 관심이 여간 부담스럽지 않았다.

"그럼 이따가 결혼식 끝나고 다시 뵙지요."

재건은 가까스로 작가들의 무리에서 빠져나왔다. 한숨 돌리면서 화장실로 간 그는 세면대 앞에 우두커니 선 현경과 마주쳤다.

"여기서 뭐해?"

"아, 재건이 형. 오늘 채보라 공식 입장 발표하는 거 인터넷으로 실시간 중계 이제 시작했어요. 뭐라고 말할지 겁나게 궁금한데요?"

"결혼식 와서 왜 그런 걸 보고 있어. 빨리 나가자. 이제 금방 식 시작하겠어."

재건이 현경의 양어깨를 붙잡고 출입구 쪽으로 돌려세웠다. 보라에 대한 관심은 전혀 없었다. 안중에도 없는 몰지각한 연예인보다 아끼는 두 작가의 결혼식이 수백 배는 중요한일이다.

"흠, 이따 끝나고 동영상 올라오면 봐야지."

현경이 호기심을 억누르고 핸드폰을 떨어뜨렸다.

꺼지기 직전의 영상 속에서 한 기자가 손을 번쩍 들어 올리고 있었다. 카메라가 확대시킨 그의 명함에는 '주간경향 현성범'이라는 이름이 또렷하게 새겨져 있었다.

"질문하실 시간은 나중에 드리겠습니다. 지금은 우선 채보라 씨의 입장 발표부터 들어주시길 부탁드립니다."

매니저가 테이블 위의 마이크를 잡고 말했다.

보라는 그의 옆에 몹시도 침울한 기색으로 고개를 숙인 채앉아 있었다.

'표정 연기가 아주 가관이군.'

성범은 단상 아래 모인 수많은 기자의 틈바구니에서 홀로피식 웃음을 터뜨렸다. 확실한 근거를 손에 넣고 보니 보라가 더더욱 가증스럽게 보이기만 했다.

드르륵!

형진으로부터 전화가 걸려왔다. 성범은 받을까 말까 고민하다가 핸드폰을 귓가로 들었다. 받을 때까지 몇 번이고 전화할 사람이다.

"네, 선배."

－너 지금 어디야?

"채보라 기자회견장인데요."

－거길 왜 가, 이 자식아! 다 끝났으니까 사무실로 돌아와!

"이미 엎어진 물입니다. 갈 데까지 가 봐야죠."

－뭐가 어째? 정기자 된 지 얼마나 됐다고 너 진짜 짤리고 싶냐?!

"나중에 얘기해요, 일단 끊습니다."

－야, 야! 성범아……!

성범이 핸드폰을 무음으로 변경하고 주머니에 넣었다.

단상 위의 보라는 시선을 내리깐 채 입술을 뗀 참이었다.

"……우선 본의 아니게 물의를 일으켜 무척 죄송스럽습니다. 저를 아껴주시고 지지해 주신 팬 여러분께도 심려를 끼쳐 드린 점 가슴 깊이 반성하고 있습니다."

보라가 잠시 말을 멈추고 자신의 가슴에 손을 얹었다. 두 눈을 질끈 감은 얼굴은 비통하기 짝이 없다는 듯한 표정이었다.

"팬 여러분, 그리고 이곳에 와주신 기자님들도 아시다시피 저는 얼마 전 불운한 사건을 겪었습니다. 보조 작가를 배후에서 조종해 모 유명 작가님의 원고를 삭제하려 했다는 누명을 쓰고 큰 충격을 받았었어요."

'까고 있네, 그것도 너잖아.'

성범이 두 눈을 흘기며 속으로 내뱉었다. 열 손가락은 무릎 위에 놓은 노트북 키보드를 부지런히 두들기는 중이었다.

이제 곧 기사로 올려야 할 내용이었다.

단상 위의 보라가 젖어드는 두 눈가를 문지르며 힘겹게 말을 이었다.

"지친 몸과 마음을 달랠 시간이 필요했습니다. 그래서 방송을 최대한으로 줄이고 집에서 휴식을 취하고 있었습니다. 이번 일본 여행도 그러한 휴식의 일환이었습니…… 흑."

보라가 말을 잇지 못하고 울음 섞인 한숨을 토해냈다.

옆의 매니저가 그녀에게 생수병을 건네며 어깨를 다독여 주었다.

"이동명 대표님과는 이전에는 업무적으로도 한 번 만난 적이 없는 사이입니다. 소속사와 동명 네트웍스 사이에는 제가 출연할 드라마에 관한 몇 가지 이야기가 오가고 있었지만 제 개인적으로는 전혀 접점이 없었어요."

성범은 입을 반쯤 벌린 채 고개를 좌우로 내저었다.

어쩜 저렇게 천연덕스럽게 거짓말을 늘어놓을 수 있을까.

이토록 걸출한 연기력을 왜 작품에서는 드러내지 못하는지도 의문스럽기만 했다.

"그러던 차에 이번에 제가 머물고 있는 호텔에 이 대표님도 휴양차 머무르고 있었다는 걸 알게 되었습니다. 그래서 좋은 기회라고 생각해 인사를 드리게 됐고, 잠시 수영장에서 함께 시간을 보냈던 것뿐입니다. 하지만 지금 돌아보면 연예인으로서 제 생각이 짧았던 것 같습니다. 제 자신이 떳떳하니 아무것도 아닌 일인 줄 알았습니다."

보라가 제 입을 두 손으로 틀어막고 흐느꼈다.

기자들도 하나같이 입을 다물었고 장내가 한껏 숙연해졌다.

어이없어하는 사람은 여전히 성범뿐이었다.

"공개된 사진은…… 제 스스로 이렇게 표현하기 참 그렇습니다만, 찍은 사람의 악의가 담겨져 있다고밖에 볼 수 없었습니다. 그 사진을 기사로 내보낸 기자님께 여쭤보고 싶습니다. 더 많은 사진이 있을 텐데, 왜 이렇게 오해의 소지를 불러일으킬 사진들만 골라서 올리셨는지요."

성범의 얼굴을 아는 기자들이 그에게로 시선을 모았다.

보라에게 호의적인 몇몇 신문사의 기자들은 한눈에도 성범을 책망하고 있는 기색이었다.

하지만 정작 성범은 아랑곳하지 않았다. 주변 기자들이 무슨 표정으로 자신을 쳐다보건 태평하게 하품이나 해대고 있는 것이다. 키보드를 두드리던 손가락은 문장 끝으로 마침표를 찍었다.

-메일 보냈다. 바로 올려라.

막내 수습기자에게 메시지를 보낸 다음 성범은 노트북을 닫았다. 할 수 있는 일은 전부 했다. 이제는 결과를 지켜볼 일만 남았다.

보라의 말이 끝나고 매니저가 한 걸음 나섰다.

"질문 받겠습니다. 다만 채보라 씨가 지금 심신이 굉장히 불안정한 상태이니 길거나 난해한 질문은 지양해 주시면 감사하겠습니다. 그리고 제 선에서 답변이 가능한 질문은 제가 대신 대답하겠습니다."

매니저의 말에 회견장 곳곳에서 기자들이 손을 번쩍 들었다. 뒤쪽에 앉아 있던 성범도 마찬가지였다. 누구보다도 높이 손을 들었지만 매니저는 그를 일부러 외면했다.

"스포츠 선웅, 말씀하세요."

"본격적인 방송 복귀는 언제쯤으로 가능하십니까?"

"일단 채보라 씨의 호전이 급선무입니다. 기다리시는 팬분들을 생각해서라도 휴식이 너무 길어지지 않도록 일정을 조율하는 중에 있습니다. 다음 질문하실 분?"

다시금 기자들이 손을 들었다.

성범은 만세를 외치듯 두 손을 번쩍 들었지만 이번에도 매니저는 못 본 척 다른 기자를 골랐다.

"방송가 일각에서는 하재건 작가님의 미움을 사서 방송 출연이 여러 번 고사됐다는 풍문이 떠돌고 있는데요. 여기에 대해서는 하실 말씀 없으십니까?"

"이미 인터뷰를 통해 여러 번 답변했던 질문입니다. 이번엔 받지 않고 넘어가겠습니다. 다음 질문하실 분?"

질의응답이 계속되었다.

성범은 매번 손을 들었지만 여전히 선택을 받지 못했다.

답답해서 소리라도 버럭 지르고 싶었다. 사건의 본질을 건드리거나 핵심을 찌르는 질문은 극소수였다.

"이제 마지막으로 하나만 더 질문을 받겠습니다. 질문하실 기자님 계십니까?"

다행스럽게도 수많은 기자 중 단 한 사람, 성범만이 손을 번쩍 들었다.

먹이를 노리는 야수처럼 두 눈이 형형하게 빛나고 있었다. 매니저는 속으로 후회했다. 조금 전 기자의 질문을 받은 것으로 끝냈으면 좋았으리라.

"네, 말씀하세요."

"매니저님 말고 채보라 씨에게 직접 여쭤볼 말이 있습니다."

보라가 젖은 두 눈을 천천히 들었다. 그녀의 시야 한가운데에 우뚝 선 성범은 말을 이었다.

"저는 주간경향 현성범 기자입니다."

"……?!"

보라의 입가에 움찔움찔 경련이 일었다. 질문하는 기자는 이 끔찍한 사태를 일궈낸 원흉이었던 것이다.

또 무슨 곤란한 질문을 하려는 걸까.

옆의 매니저도 적잖이 초조해졌다.

"질문하기에 앞서 다시 한번 확인하고픈 부분이 있습니다. 일본에는 단순히 심신을 달래기 위해 여행을 갔을 뿐이며, 이동명 대표와 만난 것도 우연이었다는 말씀이시죠?"

"네, 그렇습니다."

"이동명 대표와는 일본에서 만난 게 첫 대면이었고요?"

매니저가 보라 대신 마이크를 들고 나섰다.

"기자님, 지금 질문의 요지가 뭡니까?"

"말씀드렸다시피 다시 한번 확인해 두고 싶을 뿐입니다. 정말로 이동명 대표와는 이번 일본 후쿠오카에서 처음으로 만나셨던 겁니까?"

보라가 양 광대를 부들부들 떨며 쏘아보았다. 독기로 가득한 두 눈이 요동치고 있었다.

성범은 물러서지 않고 올곧은 눈빛으로 맞섰다.

"네, 그렇습니다."

보라가 거칠어진 숨을 가다듬으며 입을 열었다.

"왜 이미 드린 말씀을 반복하게 만드시는지 모르겠지만요. 다시 한번 확실히 말씀드리겠습니다. 저는 이동명 대표와 이번에 처음 만났습니다. 이제 됐나요, 기자님?"

보라의 꽉 다문 입안에서 어금니가 부서지도록 갈렸다. 성범이 단상 밑 의자가 아니라 눈앞에 있었다면 울화를 삭이지 못하고 뺨을 날렸을지도 몰랐다.

"뭐 저렇게 오버 떨고 난리야? 쟤 누구야?"

"주간경향 현성범. 이번에 터뜨린 애."

주변의 기자들이 서로의 귀에 대고 쑥덕였다.

바로 그때, 성범이 핸드폰을 들여다보며 씩 웃었다.

이제 막 올라온 속보가 액정 화면을 가득히 채우고 있었다. 가을밤의 무르익은 풍경을 바탕으로 한 여러 장의 사진과 함께.

"어? 이거 뭐야?"

"뭐야? 뭔데?"

정보에 빠른 기자들답게 사방에서 술렁임이 커져 갔다. 경악을 금치 못할 속보는 모여 앉은 기자들 모두에게로 빠르게 확산되었다.

'뭐지, 갑자기⋯⋯?'

단상 위의 보라가 두 눈을 가늘게 떴다.

옆의 매니저도 심상치 않은 분위기를 감지하고 핸드폰을 꺼내 들었다. 인터넷에 접속하고 얼마 후, 그의 얼굴은 새까맣게 죽어들었다.

'이, 이거⋯⋯?!'

매니저는 기겁한 나머지 표정 관리마저 잊어버렸다.

동명과 보라가 함께한 사진이었다.

노란 낙엽이 가득 내리깔린 길 너머로 호텔이 있었다. 차에서 내린 두 사람이 다정하게 팔짱을 끼고 호텔로 향하는 모습까지 여러 장의 사진에 걸쳐 드러나고 있었다.

'채보라, 너⋯⋯!'

매니저가 두 눈을 부라리며 보라를 노려보았다.

정작 보라 본인은 아직도 사태를 파악하지 못하고 멍청히 고개를 갸웃거릴 뿐이었다. 이 순간을 놓치지 않고 또 카메라 셔터를 누르는 기자들이 있었다.

성범이 핸드폰을 들면서 한 걸음 나섰다.

"아, 채보라 씨. 지금 막 속보와 함께 추가 사진이 올라왔는데요. 모자이크 처리를 했지만 이동명 대표가 맞는 것 같은데, 시기상으로 보면 지난 가을인 것 같고 말입니다."

"⋯⋯?!"

비로소 보라는 사태를 깨달았다.

테이블에 가려진 하반신이 걷잡을 수 없이 떨려왔다. 옆의 매니저가 그녀를 잡고 부축했지만 도저히 오금을 펼 수가 없었다.

"조금 전에 말씀하셨죠? 이 대표와는 일본에서 처음 만나셨다고. 그렇다면 이 사진은 무엇일까요? 설마 이 대표와 똑같이 생긴 다른 사람이라고 말씀하실 건가요? 그리고 이 호텔에는 어떤 업무 때문에 함께 들어가셨던 거죠?"

"으, 으으으……."

보라는 핏기가 쫙 빠진 얼굴로 침음만을 흘려댔다.

머릿속은 새하얗게 텅 비었다. 할 수 있는 말이라고는 한마디도 떠오르지 않았다.

"채보라 씨, 왜 말씀이 없으십니까? 채보라 씨에게 씌워진 누명을 해소하기 위해 마련된 기자회견장입니다. 대답을 좀 해주세요. 네? 채보라 씨."

"저, 저기……! 오늘은 채보라 씨의 컨디션이 좋지 않은 관계로 이쯤에서 기자회견을 마치겠습니다!"

매니저가 등 뒤의 보안 요원들에게 손짓했다. 그러고는 다급히 보라를 부축하고 출입구 쪽으로 잰걸음을 옮겼다.

끌려가다시피 하는 보라의 두 눈에는 초점이 없었다. 한 무리의 기자들이 득달같이 뒤따르면서 연신 카메라 플래시를 터뜨리고 있었다.

'해냈다……!'

성범이 주먹을 불끈 쥐었다.

이걸로 보라는 완벽히 침몰이다. 더 이상 숨거나 피해갈 수 있는 구석은 어디에도 없다.

드르륵!

"네, 선배."

─너 이 사진들 어디서 났어?

"죄송하지만 그건 말씀드리기가 어렵습니다."

─일단 사무실로 와라. 저녁 먹으면서 얘기하자.

말을 마친 형진이 먼저 전화를 끊었다.

성범은 핸드폰을 주머니에 넣으며 고개를 갸우뚱했다. 난리법석을 부릴 거라고 예상했는데. 화를 내기는커녕 형진의 목소리는 이상하리만치 담담하기만 했다.

'아무튼 이제 후회는 없다.'

텅 빈 기자회견장을 홀로 나서면서 성범은 한껏 기지개를 켰다.

쓰고 싶은 기사를 써서 내보냈다.

오늘 즉시 해고된다고 해도 아쉬운 마음은 없었다.

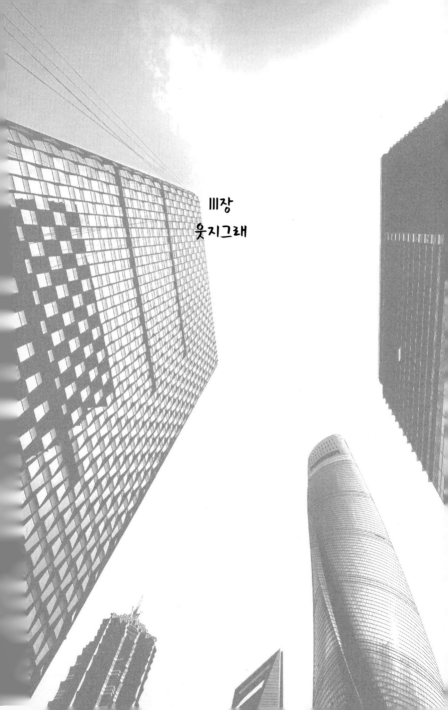

삐장
웃지그래

-너무 무섭고 더러워요;;; 불우이웃 돕던 모습도 전부 가식이 었던 거네요;;; 이 배신감;;;;

-어떻게 자기 아빠뻘 되는 사람과 그런 짓을 할 수가……. 모 든 정황이 드러났어도 저는 도저히 믿어지질 않네요.

-빼박캔트네ㅋㅋㅋㅋㅋ 채보라랑 매니저 당황해서 얼굴 백짓 장 되는 거 봐라. 인터넷 실시간으로 보다가 진짜 뿜었닼ㅋㅋ ㅋㅋ

-이건 악의적인 채보라 죽이기입니다. 전 아직 언니를 믿습 니다.

-위에 제발 실드 치는 것도 정도껏;;;; 님, 고도의 안티??

-하나를 보면 열을 안다고, 역시 하재건 사건도 보라가 범인

맞는 듯.

ㅡ그러게요. 그것도 채보라가 범인이었을 확률 99퍼 이상이네요. 사람 타고난 인성 절대로 안 변한다는.

모니터 화면은 보라에 대한 얘기로만 가득했다.

하루 만에 또 보라를 향한 세간의 평가가 극을 달리고 있었다.

컴퓨터 앞에 앉은 ICU 엔터테인먼트 대표는 광고주와 쩔쩔매며 통화하는 중이었다.

"아니, 이사님. 저도 정말로 몰랐습니다. 제가 ICU 엔터 대푭니다, 대표. 이걸 알았으면 제가 이 사달이 나도록 여태 지켜보고만 있었겠습니까? 네? 손해배상청구요? 이보세요, 이사님. 일단 마음 좀 가라앉히시고 저랑 저녁에 차분히……여보세요? 이사님, 여보세요? 이런 씨발!"

쾅!

대표가 전화기를 거칠게 내던졌다.

두 손을 앞으로 모으고 선 실장이 기겁해서 뒤로 몇 걸음 물러섰다.

"이런 망할……! 생긴 게 팔릴 만해서 여태 보듬어주고 있었던 내가 바보지……! 빌어먹을, 누굴 원망하겠어!"

대표가 담배를 꺼내 물고 불을 붙였다. 폐부 깊숙이 빨아

들인 담배 연기가 사무실 내에 자욱하게 퍼졌다. 거친 숨으로 양어깨를 들썩이면서 그는 줄기차게 담배를 피워댔다.

"이제 끝났어."

다 피운 담배를 재떨이에 비비며 대표가 말했다.

"씨앤굿 조철원까지야 내 선에서 막았지만 더는 무리야. 동아오사카만이 아냐. 융진물산에서도 손해배상청구를 하겠다고 메시지를 보내왔어."

"그 말씀은······."

대표가 두 개비째의 담배를 입에 물었다. 허공을 응시하며 담배 연기를 내뿜는 그는 어느 정도 차분함을 되찾고 있었다.

"이제 버리는 패야."

실장이 두 눈을 지그시 감고 고개를 끄덕였다.

대표의 이 말은 충분히 예상하고 있던 바였다.

"한유나랑 하이퍼소다 쪽에나 집중해. 하재건 작가님이랑 애플티 이채린한테 연락 한번 해보고."

"콜라보 싱글 앨범 관련해서 말씀이시죠? 알겠습니다."

실장이 돌아서다 말고 조심스레 말을 이었다.

"그럼 이제····· 채보라는 어떻게 할까요?"

"버릴 패로 할 게 뭐가 있어. 그냥 놔둬."

"네, 대표님."

대표실을 나선 실장은 단축 번호에서 채보라의 이름을 지웠다. 생겨난 공백을 차지한 새로운 주인의 이름은 한유나였다. 한창 시끄러운 인터넷 세상과 달리 실장이 가로지르는 복도는 고요하기만 했다.

BIG LIFE

-긴말 안 한다고 했지? 당장 오피스텔 비우라고 분명히 말했을 텐데?

"이사님……! 제발 몇 주만이라도 여유를 더…… 제가 당장 갈 곳이 어딨겠어요? 짐도 빼야 하고…….

전파 너머의 단호한 목소리가 보라의 애원을 매몰차게 끊었다.

-더럽고 천박한 여자의 사정을 봐줄 생각은 없어. 빨리 내 오피스텔에서 사라져. 차도 가져갈 생각하지 마. 주차장에 그대로 놔두고 네 몸만 꺼지면 돼.

"이사님, 조 이사님……! 제발……!

뚝!

일방적으로 전화가 끊어졌다.

보라는 두 손바닥에 얼굴을 파묻고 오열했다.

"내가 뭘 그렇게 잘못했다고! 나도 열심히 하려다가 이렇게 된 것뿐이란 말이야! 억울하다고! 다 나처럼 사는데 왜 나만 이렇게 못 잡아먹어서 지랄들이냐고!"

악에 받친 괴성이 천장을 울렸다.

바로 그때, 등 뒤의 현관에서 비밀번호를 누르는 소리가 울렸다.

소속사에서 누군가 찾아온 걸까. 뒤를 돌아본 보라는 휴지처럼 구겨진 표정으로 할 말을 잃었다.

'윤미지……?!'

보라도 익히 아는 여자가 열린 문 밖에 서 있었다.

이름은 윤미지. 올해 27세로 일일드라마를 통해 데뷔한 지는 어언 6년 차.

딱히 내세울 대표작이 없어 아직까지 연예인으로서의 인지도는 낮은 편이었다.

"아, 안녕……."

미지가 어색한 웃음을 입가에 올리고 먼저 인사를 건넸다.

곤혹스럽긴 했으나 이곳에서 보라와 마주쳤다는 사실이 크게 놀랍지는 않았다. 조철원 이사를 통해 들은 얘기가 있었던 까닭이다.

보라는 대답하지 못했다. 눈물에 젖은 얼굴을 닦지도 못했다. 그저 미지를 죽일 것처럼 노려보고만 있을 뿐이었다.

"짐을 좀 가져다 두려고 했던 건데……."

미지가 혼잣말을 하듯이 중얼거렸다. 시선은 잔뜩 어질러진 거실 너머로 피한 채였다. 급기야 여행용 가방을 손잡이를 뒤로 슬며시 당기며 한 걸음 물러섰다.

"미안해, 며칠 후에 다시 올게."

미지가 인사를 남기고 돌아섰다.

현관문이 닫히려는 찰나, 튕기듯이 일어선 보라가 달려가서는 미지의 앞을 막아섰다.

"뭐야?"

"뭐가……?"

"그쪽이 여길 왜 왔냐고?"

보라가 서슬 시퍼런 표정으로 거듭 캐물었다.

사실 물어볼 것도 없었다.

자기 대신 미지가 조 이사의 지원을 받게 되었다는 것쯤은 마주친 순간부터 깨닫고 있었다.

"보라야."

이윽고 미지가 침착하게 호흡을 가다듬더니 입술을 뗐다.

"선배 대접까지는 바라지 않아. 하지만 최소한 기본적인 예의는 갖춰줘야 하지 않겠니? 나이도 내가 많고 데뷔도 먼저 했는데."

"지랄하네."

보라가 조소를 터뜨리며 이죽거렸다.

"늙은 게 자랑인가? 데뷔한 지도 한오백년 전인데 그새 어디 단막극 주연이나 한 번 맡아봤고?"

"……?!"

미지의 양쪽 눈가에 파르르 경련이 일었다. 표정을 감추기 힘들어지는 그녀에게 보라는 연이어 도발을 퍼부었다.

"퇴물이면 퇴물답게 굴든가. 좀 구석에 찌그러져 있는 맛이 있어야 되는 거 아냐? 기본적인 예의? 꼴에 자존심은 있다 이거야?"

"됐어, 너 같은 애랑 대화를 시도한 내가 바보지."

미지가 대화를 포기하고 옆으로 지나쳐 가려 했다.

보라는 발끈해서 재차 그 앞을 가로막고 섰다.

"조금 전에 웃었지?"

"그건 또 무슨 소리야?"

"나 보고 실실 쪼갰잖아. 내가 우스워? 내가 이렇게 된 게 웃기냐고?"

미지가 제 코를 막으며 얼굴을 찡그렸다. 보라의 입에서 뿜어져 나오는 숨결에 진한 술 냄새가 섞여 있었다.

"왜 말이 없어? 사람 말이 말 같지 않냐?"

"웃은 적 없어."

"웃었잖아!"

"이런 말까진 안 하려고 했는데 너도 연예인이면 거울

좀 봐."

그 말을 끝으로 미지가 돌아섰다.

좌우로 팔랑거리는 그녀의 머리채가 보라에게는 자신을 희롱하는 것처럼 느껴졌다.

"이 망할 년이!"

"아아악!"

미지가 새된 비명을 내지르며 엉덩방아를 찧었다.

보라가 머리채를 말고삐인 양 붙잡아 뒤로 사정없이 잡아 당기고 있었다.

"누울 자리를 보고 발을 뻗어야지! 방송국에서 만나면 나랑 눈도 못 마주치던 게! 나잇살 처먹고 주제도 몰라?!"

"아아악! 놔, 놔줘!"

미지의 비명이 기다란 복도 끝까지 울려 퍼졌다.

소리를 듣고 나와 본 몇몇 사람은 볼 수 있었다. 잔인하게 웃으며 미지를 가축처럼 끌어대고 있는 보라의 모습을.

BIG LIFE

[스폰서 의혹 채보라, 이번엔 거주지에서 폭행 논란?]

[채보라 CCTV 영상 확보, 폭행당하는 여성은 데뷔 6년 차 연예인 Y씨로 밝혀져]

[동아오사카 측, 회사 이미지 실추시킨 채보라 상대로 10억대 손해배상청구]

[사건 접한 SNS 반응, 나락으로 떨어진 채보라 응원하는 네티즌 찾아보기 힘들어]

[채보라 통해 다시금 수면 위로 드러난 연예계의 어두운 이면, 그들은 무슨 거래를 했을까]

"하루가 멀다 하고 시끄럽네."

매니저가 벽걸이 TV의 연예 뉴스를 보며 중얼거렸다.

ICU 엔터테인먼트 소회의실.

여러 사람이 테이블 주위에 둘러앉아 있었다.

애플티의 채린과 하이퍼소다의 유나, 여기에 양쪽 매니저 두 사람과 ICU 실장까지 함께였다. 모두가 일찌감치 자리 잡고 재건을 기다리는 중이었다.

"TV는 그만 끄지."

실장이 슬쩍 눈짓을 주며 제안했다.

"이제 금방 하 선생님 오실 것 같은데."

"아, 네. 실장님."

유나의 매니저가 황급히 TV를 껐다. 보라가 재건에게 민감한 주제가 될 수 있는 인간이란 걸 모를 까닭이 없었다.

실장의 말대로 얼마 못 가 발소리가 가까워 왔다. 곧이어

문이 열리면서 직원의 안내를 받은 재건이 나타났다.

"어서 오세요, 하 선생님. 먼 길 오시게 해서 죄송합니다."

"아닙니다. 다들 일찍 오셨네요."

재건이 준비된 자신의 자리에 앉았다.

커피 한 잔에 소소한 대화가 얼마간 오간 끝에 본격적인 논의가 시작되었다.

채린과 유나로 구성된 합동 유닛이 부를 노래를 작사하는 것이 재건의 일이었다.

"두 곡을 작사해 주시면 될 것 같습니다."

"으음, 네. 두 곡이요."

"트렌드에 맞춘 댄스 하나, 그리고 나머지 한 곡은 발라드가 될 것 같습니다."

재건이 고개를 끄덕이며 필요한 것은 메모했다.

이 제안을 받아들인 이유는 두 가지였다.

첫째는 작사라는 새로운 분야에 도전해 보고픈 욕구, 둘째는 채린과 유나를 위한 일이라는 점이었다.

특히 채린에게는 지금껏 여러모로 고마운 일이 많았다.

"뭔가 궁금하신 부분은 없으십니까, 선생님?"

"궁금한 거라기보다는 조금 걱정이 되네요."

재건이 머쓱하게 웃으며 입을 열었다.

"예전에 채린 씨가 겨자 목욕탕 OST를 불렀을 때부터 작사라는 걸 한 번쯤은 해보고 싶다는 생각을 했었습니다. 그래서 일단 감사히 받아들이긴 했는데 그……."

재건이 좌중을 돌아보며 조심스레 덧붙였다.

"제가 작사를 한다고 인기라든가 판매량에 영향이 있을까요?"

"있습니다."

실장이 뜸도 들이지 않고 단언했다.

"하 선생님은 얼마나 체감하시는지 모르겠지만, 그간 여러 매체를 통해 채린 씨와 함께 모습을 보이셨어요. 두 분의 두터운 관계는 대중에게 상당히 친숙해져 있습니다."

"재건 오빠랑 저랑 스캔들 안 나오는 게 용하다니까요."

채린이 싱긋 웃으며 농담을 보탰다. 마찬가지로 가볍게 웃으면서 실장은 말을 이었다.

"이번에 나 혼자 살아도 반응이 무척 좋았습니다. 채린 씨만이 아니라 우리 유나까지요. 하 선생님께서 가사를 써주시면 꽤나 이슈가 될 겁니다."

실장이 자랑스럽다는 기색으로 유나를 돌아보았다. TV에서의 활기찬 모습과 달리 유나는 수줍어하며 고개를 떨어뜨리고 있었다.

"열심히 해보겠습니다."

재건이 오래지 않아 대답했다.

"작사는 한 번도 해보지 못한 분야라서 잘하겠다는 말씀은 지금 시점에 드리기가 어렵습니다만, 제 능력하에서 최선을 다해보겠습니다."

"아이구, 이거 황송합니다. 애초에 하 선생님이셔서 저는 아무 걱정도 안 합니다."

실장이 맞잡은 두 손을 비비며 자리에서 슬쩍 일어섰다.

"그럼 다하지 못한 나머지 얘기는 점심을 드시면서 하실까요? 맛 좋은 식당으로 예약해 뒀습니다."

"네, 그러시죠."

재건을 비롯해 모두가 의자에서 몸을 일으켰다.

즐거운 분위기가 넘쳐흐르는 가운데 사람들의 얼굴마다 웃음이 만연했다.

BIG LIFE

그와 같은 시각.

ICU 엔터테인먼트 대표는 한없이 굳은 얼굴이었다.

최근 스트레스가 심해서였을까. 건강이 좋지 않아 오늘도 아침부터 병원에 다녀온 참이었다. 이제 재건에게 인사하러 가려던 중인데 갑자기 나타난 불청객이 그의 앞을 가로막고 서 있었다.

"여기가 어디라고 함부로 뛰어들어?!"

대표가 호통을 내질렀다.

보라는 눈 한 번 깜짝이지 않았다.

그녀의 습격을 미처 막지 못한 데스크 직원만 등 뒤에서 몸을 움찔 떨 뿐이었다.

"아, 그래. 뭐야, 어? 또 뭔데?"

대표가 답답한 넥타이를 끄르며 소파에 주저앉았다.

"할 말 있으면 빨리 해. 가야 할 곳 있으니까. 자넨 나가봐."

"네, 대표님."

데스크 직원이 대표실을 나가고 문이 닫혔다.

그 즉시 보라는 대표 앞에 무릎을 털썩 꿇었다.

"살려주세요, 대표님."

"살려 달라고?"

대표가 코웃음 섞인 목소리로 되물었다.

이를 악물고 고개를 끄덕이는 보라의 두 눈은 벌써부터 젖어들고 있었다.

"그래, 뭘 어떻게 도와줄까? 응? 어디 말해봐."

"돈이 필요해요."

"돈?"

"빌릴 수 있는 돈은 다 빌려 썼어요……. 오피스텔에서 쫓겨나고 지금 제발…… 제발 도와주세요."

대표의 두 눈이 한껏 가늘어졌다.

"돈이 필요하면 일을 해야지."

"할게요. 뭐든지 할게요. 이제부터 정말 정신 차리고 열심히 할게요."

보라의 애절한 말이 귓등으로도 들려오지 않는 대표였다.

소속사와의 계약 기간이 아직 남아 있긴 했지만 사실상 그녀는 방치 상태였다.

채보라라는 연예인을 원하는 곳은 이제 그 어디에도 없었다. 상품으로써의 가치를 완전히 상실했다.

한술 더 떠 이번 윤미지 폭행 사건으로 인해 대표는 완전히 질려 버리고 말았다.

"당장 윤미지 일도 있고…… 지금 머물고 있는 친구 집도 오늘내일이라 돈이 필요해요. 강남 쪽 아니어도 되니까 서울 내에 적당한 아파트나 오피스텔 하나만 구할 수 있었으면 좋겠어요. 차도 한 대만요."

대표는 기가 막히다 못해 할 말을 잃었다.

아직도 자신의 처지를 모르고 있는 것이다.

아무리 어리다고 해도 어쩜 이렇게까지 철부지일 수가 있을까.

"아파트나 오피스텔이라, 좋겠지."

대표가 짐짓 이해한다는 듯이 고개를 주억거렸다.

그는 노련한 사람이었다. 보라에 대한 속내를 있는 그대로 내뱉을 바보는 아니었다.

"준길이한테 전화해 봐."

"준길 오빠요?"

준길은 ICU 소속으로 보라의 매니저였던 남자의 이름이다. 지금은 그룹 하이퍼소다 쪽의 일을 봐 주고 있었다.

"그래, 부산까지 전국 한 바퀴 돌고 와."

"⋯⋯?!"

두 눈을 부릅뜨는 보라에게 대표는 천연덕스럽게 덧붙였다.

"행사 100번만 채우면 뭐, 윤미지랑 합의하고 작은 아파트 하나 구할 돈은 그러모을 수 있겠지. 손해배상청구는 소송 들어온 다음부터 걱정해도 늦지 않을 것 같은데. 네 스스로 알아서 해야 할 문제겠지만."

"대표님. 지, 지금 저더러⋯⋯ 지방에서 해, 행사를 뛰라는 말씀이세요?"

보라가 백짓장처럼 새하얘진 얼굴로 반문했다.

대표가 아무렇지도 않은 표정으로 확인 사살을 하듯 덧붙였다.

"나이트클럽 같은 데 나가면 반응 나쁘지 않을걸. 오히려 너 같은 애들이 취객들 앞에선 곧잘 이슈가 되거든. 서울

겠냐?"

"어, 어떻게……? 대표님, 저 채보라예요. 어떻게 저한테 그런 급 낮은 일을 하라고 말씀하실 수가 있어요?"

"이제 그게 네 급이거든."

대표가 무릎을 가볍게 두드리고는 일어섰다.

보라는 알몸으로 혹한의 세상에 내던져진 사람처럼 벌벌 떨고만 있었다.

두 눈 가득 고이는 그녀의 눈물을 마주하며 대표가 딱하다는 듯이 말했다.

"좀 웃지그래, 너 원래 잘 웃는 애잖아. 사람이 웃으면서 살아야지."

"……!"

최후의 보루로 생각했던 대표에게마저 버림받았다. 그 점을 확실히 깨달은 보라의 두 뺨을 타고 뜨거운 눈물이 주르륵 쏟아졌다.

"언제까지 그렇게 있으려고? 나도 바쁜 사람이니 이제 그만 돌아가."

보라는 쫓겨나다시피 ICU 엔터테인먼트를 나섰다.

1층에 도착한 엘리베이터 문이 열렸다.

보라는 귀신에 홀린 사람처럼 멍하니 걸음을 내디뎠다. 문득 입구 쪽에 선 한 무리의 사람들이 두 눈에 밟혔고, 그녀는 죄인처럼 복도 옆으로 몸을 숨겼다.

"한식인데 괜찮으시겠습니까, 하 선생님?"

"한국 사람에게 당연한 걸 물어보십니다."

재건과 실장, 그리고 그들 주위에 나란히 선 채린과 유나가 한눈에 보였다. 일순 유나의 모습이 너무도 눈부셔서 보라는 똑바로 쳐다볼 수가 없었다.

'어쩌다가…… 내가 어쩌다가 이렇게……!'

보라가 입을 틀어막고 울음을 삼켰다.

정녕 막다른 궁지에 몰린 지금에 이르러서야 자신의 과실이 얼마나 큰 것인지 실감하기 시작했다.

이제와 후회해 봤자 아무런 소용도 없는 감정의 낭비일 뿐.

뻔히 알면서도 보라는 소리 없이 오열할 수밖에 없었다.

재건 일행은 햇살 쏟아지는 세상 밖으로 나서고 있었다.

BIG LIFE

"오랜만이에요, 하 선생님."

"네, 잘 지내셨어요? 편집 감독님은 어떻게 해가 지났는데 더 젊어지신 느낌입니다."

"어머나, 우리 하 선생님 못 뵌 사이에 유머 감각이 부쩍 늘어나셨네. 오호호."

간만에 찾아온 박석지 개인 편집실이었다.

영화 '질풍노도' 편집 작업이 오늘부터 이곳에서 시작된다.

"잠깐 전화 좀 마저 받고 올게요. 도준아, 하 선생님이랑 같이 좀 기다리고 있어."

"천천히 하세요, 누나."

석지가 편집실 문 너머로 자취를 감췄다.

도준과 둘만 남게 되자 재건은 넌지시 말을 건넸다.

"고생 많았다, 도준아."

"나야 뭐 준비된 밥상에 숟가락만 얹었지. 태성 감독님도 그렇고, 매번 그렇지만 이번에도 스태프들이 고생 엄청나게 했어."

도준이 머리 뒤로 두 손 모아 깍지를 끼고는 중얼거렸다.

"어떻게 된 거지……."

"뭐가?"

"채보라 말야."

도준이 재건의 귀에 대고 속삭이듯 말했다.

"현 기자님 끝까지 안 알려주시네. 그 사진 출처."

"그런 거 알아봤자 뭐해. 지나간 일이고 우리와는 관계없 잖아."

"넌 궁금한 게 없어서 참 살기 편하겠다. 그래…… 네 말대로 우리와 관계없는 일이지."

도준이 텅 빈 허공을 응시하며 고개를 끄덕였다.

"사람 인생 정말 한 번에 훅 간다. 준길이 형 통해서 얘기 들어보니까 보라 걔, 애가 반쯤 정신이 나갔다더라. 쌍으로 버림받고 끝난 거지. 근데 이대로 물러날 채보라가 아닌데. 하긴, 뭘 하려고 해도 방도가 없나."

"현 기자님 근황은 어때?"

보라 얘기를 하고 싶지 않은 재건이 화제를 바꿀 겸 물었다.

"나한테는 도통 말씀을 잘 안 하시네. 잘 지낸다고만 하시는데 뭔가 마음에 걸려서."

"의외로 터치 없다던데. 정말 아무 일 없이 잘 지내고 있다니까 걱정하지 마."

"그렇다면 다행이고."

똑똑똑.

그때 문을 두드리는 소리가 울렸다.

대화를 멈춘 재건과 도준 앞으로 '질풍노도'의 주연 또 한 사람이 얼굴을 비추고 있었다.

"어서 와요, 예슬 씨."

"안녕하세요. 오랜만이에요, 오빠."

예슬이 샛노랗게 탈색한 단발머리를 찰랑거리며 웃었다.

펑퍼짐한 감색 재킷에 쫙 달라붙는 청바지 차림이 재건의 눈에 익숙했다. 배우로 데뷔하기 이전과 별다를 바가 없는 느낌이었다.

"머리가 예쁘네요."

"예쁘면 뭐해요. 머릿결 다 상했어요. 영화 홍보할 시기에는 좀 튀는 모습이 좋겠다고 하셔서요."

그렇게 말하며 예슬은 두 눈을 좌우로 굴렸다. 누구 옆에 앉아야 할지 생각하고 있는데 도준이 자리에서 벌떡 일어섰다.

"담배 한 대만 피우고 올게."

"끊었다면서?"

"촬영하면서 다시 좀 피우기 시작했다. 잔소리할 것 같은 표정이군. 아무 말도 하지 마."

빠르게 말하고 난 도준이 편집실을 나섰다.

예슬이 재킷을 벗으며 재건의 맞은편에 앉았다. 무릎 위로 재킷을 곱게 개는 그녀에게 재건이 먼저 말을 건넸다.

"영화 정말 기대됩니다."

"열심히 찍긴 찍었는데 오빠한테 어떻게 보일지는……."

"윤 감독님이 엊그제 통화할 때 지나가듯 말씀하시던데요. 기대 이상이었다고."

"아, 오빠 또 띄워주기 시작이다."

예슬이 접다 만 재킷에 수줍은 듯 얼굴을 파묻었다.

여전히 귀여운 그녀의 몸짓이 재건을 웃게 만들었다. 적잖은 마음의 안도도 있었다. 마지막으로 만났을 때 좋지 못했던 그녀의 표정을 이제 떠올리지 않아도 될 것 같아서.

"오빠, 지금 안심했죠?"

갑자기 고개를 든 예슬이 기습적으로 질문을 던졌다. 괜스레 속이 뜨끔한 재건을 보며 그녀는 짓궂게 키득거렸다.

"안심하지 마세요. 저 아직 오빠 포기한다고 말한 적 없거든요. 끝날 때까지는 끝난 게 아니랍니다."

이런 말을 들었을 때 무슨 표정을 지어야 할까.

재건이 다소 심각해지려는 기미를 보이자 오히려 말한 예슬이 당황했다.

"농담이에요, 농담. 정말 작가 오빠 앞에서는 장난도 못 치겠어."

재건은 의미 없이 웃으면서 고개를 주억거렸다.

침묵이 일어날 조짐이 보였다.

예슬은 무릎을 탁, 치더니 즉시 화제를 바꿔 말을 이었다.

"맞다, 오빠. 양잉 진짜 예뻐요. 확실히 중국 톱 여배우란 타이틀이 괜한 게 아니더라고요."

"영화 같이 찍으면서 좀 친해졌어요?"

"네, 말이 잘 안 통해서 힘들기는 했지만 손짓 발짓으로 같이 쇼핑도 하고, 밥도 먹고, 수영장도 한 번 같이 갔었어요. 같이 서 있으니까 너무 비교돼서 힘들었어요."

"예슬 씨한테는 예슬 씨만의 매력이 있으니까 그런 생각하지 마요."

"오늘 식사 같이 하시고 가실 거죠?"

"그럼요, 오랜만에 보는데 다 같이 밥은 먹어야죠."

재건의 대답이 끝나기도 전에 문이 열리고 도준이 돌아왔다. 벌겋게 곱은 두 손을 미친 듯이 비벼대고 있었다.

"바깥 미친 듯이 춥다. 밥 그냥 시켜 먹었으면 좋겠네."

"그래서 담배를 이렇게 빨리 피웠구만."

"아, 그리고 보니 재건아."

도준이 재건 옆으로 털썩 앉으면서 물었다.

"갑자기 생각났는데 겨자 목욕탕 미국에서 소식 없어? 패러마운틴이 판권 사갔잖아."

"아직 딱히 들려오는 얘기는 없다."

"영화로 제작 안 된 판권이 할리우드에 잔뜩 쌓여 있다더라. 아무리 그래도 겨자 목욕탕은 180만 달러나 주고 사갔잖아. 그래서 난 금세 제작 들어갈 줄 알았거든."

"언젠가는 만들어지겠지."

잠시 후, 통화로 업무를 마친 석지가 문을 열고 나왔다. 강추위에 엄살을 부리는 도준 덕분에 식사는 중국요리 배달로 결정되었다.

"윤태성 감독님은 언제 오신대요?"

"제작사랑 얘기할 게 있어서 저녁이나 되어야 오실 수 있을 것 같던데요. 우리끼리 맛있게 먹어요."

"편집실에서 먹는 자장면이 진짜 맛있다니까."

식사를 마친 뒤에는 뜨거운 커피를 마시며 한동안 이야기를 나누었다.

주된 화제는 역시 '질풍노도'였다.

"야, 재건아. 한국에서 관객 얼마나 들 거 같냐?"

"로맨스 드라마니까 음…… 그래도 200만 명은 봤으면 좋겠다. 너무 욕심이 큰가?"

"넌 원작자씩이나 되는 인간이 고작 200만 명이냐? 어이없네, 진짜. 난 500만 명 본다."

예슬이 커피를 마시다 말고 입을 떡하니 벌렸다. 석지는 킥킥거리면서 고개를 내젓고 있었다.

"아니, 500만 명이 뭐 어때서요? 석지 누나 왜 비웃으시는데요? 누나가 편집만 잘해주시면 진짜로 500만 명 찍을 수도 있지."

"그래, 도준아. 노력해 보마."

"하재건, 너도 계속 웃네? 너 만약 질풍노도 500만 명 찍으면 어떡할래? 나하고 100만 원 빵 가냐?"

재건은 시선을 내리깐 채 대답 대신 웃었다.

머리로는 지금 이 자리에서 누구보다도 영화의 흥행을 바라고 있을 예슬을 생각하고 있었다.

한 명이라도 더 많은 관객이 극장가에 찾아와 주기를. 부디 그 사람들 중에 그녀의 어머니가 있기를.

BIG LIFE

"즐거운 시간 보내다 갑니다. 힘내시고 감기 조심하세요."

먼저 편집실을 나서는 재건을 도준이 배웅할 겸 뒤따랐다.

주차장까지의 짧은 거리를 천천히 걸으면서 두 사람은 끝내지 못한 대화를 이었다.

"일요일엔 뭐 해? 나 시간 남는데 커플 단위로 놀까? 정진이랑 정진이 여친도 불러서."

"그러고 싶은데 일단 그날 돼봐야 알겠다. 구내 걷기 대회 나가기로 했거든."

"구내 걷기 대회? 뜬금없이 그건 왜 나가냐?"

대답에 앞서 재건은 한숨부터 내뽑았다.

"구청 공무원이 내가 걷기 대회 나간다고 홍보를 했더라고. 나한테 사전에 동의를 구한 것도 아니라서 조금 당황스럽긴 했어."

"야, 그딴 게 어딨어? 그럼 안 나가면 되겠네."

"나 때문에 멀리서 오신다는 분들도 있고 해서 이번에는 참가하려고. 겸사겸사 또 이런 일 생기지 않도록 담당자한테 못도 박아둬야지. 이제 그만 들어가. 주차장 다 왔잖아."

"차 출발하는 것까지 보고 갈게. 야, 나도 거기 참가할까? 채린이랑 같이?"

"태봉이 형이 허락하시겠냐? 감기라도 걸리면 큰일인데."

주차장에 도착할 즈음 인근 고등학교 여학생 한 무리와 마주쳤다. 도준과 재건을 알아본 그들은 즉시 비명 같은 환호를 내지르며 달려들었다.

"지금 다들 누구 보고 달려오셨어요? 혹시 재건이 보고 달려오신 학생들은 저기 딴 데로 가주시고요."

도준의 농담에 여학생들은 웃음바다가 되었다.

'영화를 보자'에 이어 '나 혼자 살아'로 한결 친숙한 인상을 구축하게 된 까닭일까. 자신을 오빠라고 부르는 여학생들 앞에서 재건은 머쓱하게 웃었다.

"오빠들 친구라는 거 진짜 컨셉 아니었나 봐요. 아, 심장 멎을 거 같아. 지금 둘이서 어디 가시는 거예요?"

"오빠들, 예슬 언니하고도 친해요? 질풍노도 대박 기대하구 있어요. 진짜 이제 금방 개봉하는 거 맞죠?"

"재건 오빠, 마켓 플레이스 출간 언제 돼요? 라디오 듣고 지금 그것만 기다리구 있어요. 오빠 글 너무 좋아요."

여학생들은 실컷 사진을 찍고 나서야 길을 터주었다. 거리 너머로 사라질 때까지 몇 번이고 재건과 도준을 돌아보며 손을 흔들어 댔다.

"예슬 씨 인기 많네."

"여자들도 좋아할 만한 타입이니까. 괜한 루머나 확대되지 않았으면 좋겠는데."

여학생들에게 손을 흔들며 도준이 중얼거렸다. 재건은 두 눈을 가늘게 뜨고 돌아보았다.

"괜한 루머라니?"

"사실 요즘 인터넷에 좀 떠도는 말이 있어."

도준은 입맛이 쓴 표정이었다. 재건의 눈치를 살피듯 뜸을 들인 끝에 그가 내뱉듯이 말했다.

"홍예슬이 과거 노래방 도우미였다는 그런 루머가 있다."

"······."

"김나연이랑 친해서 그런 건지도 모르겠고. 출처를 모르겠는데, 아무튼 그래. 뭐 이러다 잠잠해지겠지."

"그래야 할 텐데."

재건은 더 말하지 않고 입을 닫았다. 예슬의 과거를 알기에 더욱이 함부로 말을 보태기가 곤란한 입장이었다.

"그러고 보니 하재건, 너 홍예슬 대하는 태도도 기묘해."

"내가······?"

"예전에 틴센트 픽처스 사람들 만났을 때. 네가 홍예슬 주연배우로 추천했었잖아. 그래서 나는…… 네가 뭔가 홍예슬한테 각별한 마음이 있었던 건 아닐까 생각했어."

"그때도 내가 아니라고 말했었잖아."

"각별한 마음이라는 게 꼭 남녀 사이를 뜻하는 건 아니지. 근데 지금 보면 네가 홍예슬한테 거리를 두는 것 같아서."

"내가 그래 보여?"

재건의 차문을 대신 열어주면서 도준이 고개를 끄덕였다.

"너 홍예슬 앞에서는 묘하게 태도가 차가워. 얼굴은 웃고 있는데도 그런 온도차가 느껴진다. 둘이 무슨 일 있는 거냐?"

질문으로 끝난 말에 재건은 대꾸할 길이 없었다. 도준의 예리한 눈썰미에 감탄이라도 해야 하는 걸까.

"혹시 내가 말실수라도 한 거냐?"

"아니, 내가 정말 그렇게 행동했던 건가 한번 되짚어 봤다."

"해본 말이니까 신경 쓰지 마. 춥다, 얼른 타."

도준이 재건을 차 안으로 떠밀었다.

시동이 걸린 차가 천천히 주차장을 빠져나왔다.

재건은 착잡한 심정이었다. 도준으로부터 들은 무수한 말이 머릿속을 둥둥 떠다니고 있었다.

부디 나쁜 일은 좋은 일로, 좋은 일은 더욱 좋은 일로만 풀렸으면.

중요한 기로에 선 예슬에게 축복만이 있기를 간절히 바랐다.

112장
이게 또 안 먹히네

여전히 세상이 어두컴컴한 겨울의 아침 6시.

'끝났다!'

드디어 재건은 마침표를 찍고 키보드에서 열 손가락을 놓았다. 신작 단편집 '마켓 플레이스'가 완성된 순간이었다. 생각보다 빠르게 끝을 맺어서 마음이 상쾌했다.

'일단 퇴고하기 전에 편집장님 먼저 보여드리고…….'

재건은 명석의 메일로 소설을 발송한 다음 일어섰다. 머리 위에 바위를 한 덩이 얹은 것처럼 온몸이 무거웠다. 탁자 옆에 웅크리고 있던 리카가 슬며시 일어나 그의 뒤를 따랐다.

"야옹."

"쉿, 리카. 수희 아직 자고 있어. 오늘 걷기 대회 나가는 날인데 나 밤새운 줄 알면 걱정할 거거든."

재건은 리카보다 조심해서 살금살금 걸음을 옮기고 있었다. 서랍에서 서건우의 머그컵을 꺼내 든 그는 즉시 커피 한 잔을 타 마셨다.

'후우, 이게 있어서 어찌나 도움이 되는지.'

밤새 글을 쓰면서 누적된 피로가 씻은 듯이 사라져 갔다. 기력이 회복된 몸이 날아갈 것처럼 가벼웠다. 구내가 아니라 서울 시내 전체라도 능히 걸을 수 있을 것 같았다.

드르륵!

"어, 편집장님. 벌써 일어나셨어요?"

─제가 원래 아침잠이 없습니다. 원고 받아보자마자 바로 전화드렸죠. 생각보다 엄청 빨리 초고를 끝내셨네요.

"편집장님이 고대하고 있다고 하시니까 뭔가 서두르게 되더라고요. 부디 편집장님 눈에 들어야 할 텐데요."

─아직 읽어보기 전이지만 충분히 좋을 것 같습니다. 아, 저도 저지만 배 CP님도 엄청 고대하고 있는 눈치던데요. 스무 살의 여름도 대박이고 빨리 또 만들어서 안방극장 계속 공략하잡니다.

"이은하 감독님이 연출을 참 잘해주셨어요. 대단한 분이세요."

─그런 분을 추천하셨고 원작을 쓰신 하 선생님이 더 대단

하십니다. 마켓 플레이스도 끝났으니 어떻게, 오늘 식사라도 어떠십니까?

"죄송합니다만 오늘은 일이 있어서요. 제가 내주 중에 한 번 찾아뵙겠습니다."

−알겠습니다, 그럼 저도 초고 읽어본 다음 다시 연락드리겠습니다.

"네, 편집장님도 좋은 주말 되시고요. 아, 편집장님. 잠시만요."

뒤늦게 생각난 재건이 다급히 불렀다. 명석의 주변과 유진에 대한 걱정 때문이었다. 딱히 떠오르는 말머리가 없어서 결국 나온 말은 일상적인 안부였다.

"별일…… 없으시죠?"

−네, 덕분에 전부 좋습니다.

즉시 전파를 가르고 쾌활한 목소리가 들려왔다.

재건이 안부를 물은 의도를 이해한 명석은 진중하게 반복해서 덧붙이고 있었다.

−정말로 하 선생님 덕분입니다. 저도 유진이도…… 그러니까 저희 두 사람 요즘 진심으로 행복합니다.

핸드폰에 귀를 기울인 채로 재건은 멋쩍게 웃었다.

어느새 일어난 수희가 등 뒤로 다가와 그를 끌어안고 있었다.

[……하재건 작가의 구내 걷기 대회 참가가 화제가 되고 있습니다. 이날 행사에는 평소보다 무려 5배 이상의 인파가 몰렸다고 하는데요. 대부분이 하재건 작가의 독자와 팬분들이었다고요?]

[네, 그렇습니다. 이게 제가, 이 프로그램 특성에 맞춰 직구를 던지자면요. 이게 하재건 작가가 자발적으로 참가했을 성격의 행사는 아니거든요?]

[자발적인 참가가 아니라고요? 주 기자님, 이건 또 무슨 말씀이십니까?]

[해당 구청에서 공무원들이 먼저 자리를 깔았다는 거죠. 지금 뭐 국내외에서 하재건 작가 유명세가 보통이 아니죠. 이를 테면 선거를 앞둔 구청장이라든가…….]

[순수한 의도는 아니라는 말씀이시군요?]

[하재건 정도면 지금 엄청난 이슈거든요. 세간의 이미지도 좋고, 작품에 대한 평가도 더할 나위 없이 좋고요. 해외에서도 큰 성과를 얻고 있지 않습니까. 이런 작가와 인맥을 만들어두면 앞으로의 활용 가치가…….]

[정치적인 측면을 말씀하시는 거군요?]

[그런 셈이죠. 지금 이게 생방송이고, 말을 아끼지 못해

여전히 소송 중인 일도 여럿이라 입단속을 좀 하겠습니다.
하하하.]

"하재건이란 작가가 이렇게 유명해?"

뒷좌석에 기대어 앉은 규백이 멍하니 중얼거렸다. 조수석
에 앉은 배 실장이 돌아보고는 대답했다.

"그럼요, 회장님. 소설만이 아니라 남규호 이사가 만든 게
임으로도 엄청나게 흥행했으니까요. 오스카의 던전도 그렇
고, 이번에는 더 브레스라는 제목으로 대규모 온라인 게임도
제작되지 않습니까."

"배 실장은 이 작가 책 읽어본 거 있나?"

"네, 서너 작품 정도 읽어봤습니다. 기본적으로 글을 참
재밌게 잘 써서 좋았습니다."

창밖을 내다보며 규백은 고개를 끄덕였다.

화성행궁을 구경하고 돌아가는 길이었다. 이따금 운전기
사와 배 실장을 데리고 이렇게 훌쩍 나들이를 하곤 했다.

"뭐 하나 추천해 줄 만한 거 있나?"

"하재건 작가 책 말씀이십니까? 으음…….."

배 실장이 잠시 고민한 끝에 대답했다.

"멍청한 여자라는 소설이 개인적으로 참 좋았습니다."

"제목이 뭐 그래?"

"그게 반어적인 의미라고 해야 할까요. 너무 착해서 멍청한 여자라는 그런 의미로 쓰였습니다. 실제로 작가가 친누나를 모티프로 삼아서 쓴 글이라고 합니다."

"아무튼 저녁에 하나 가져와 봐."

"네, 회장님."

차창 너머 먼 곳에서부터 수원역이라는 글귀가 보였다. 문득 규백은 한 여자의 존재를 떠올리고 양 귓불을 들썩였다.

"이봐, 배 실장. 어디 좀 들렀다 가지."

"네? 어디 말씀이십니까?"

"마침 수원이잖아. 그 아가씨 명함 아직 가지고 있지? 지나가는 길에 인사라도 했으면 좋겠는데."

"아아, 네. 알겠습니다, 회장님. 김 기사, 이 주소로 가지."

내비게이션의 목적지가 재인학원으로 변경되었다. 방향을 바꾼 차 안에서 배 실장은 넌지시 말을 건넸다.

"지금이라도 선물을 준비할까요?"

"근처에서 적당한 걸로 사지. 부담스러워하는 눈치였어."

규백이 턱 밑을 긁으며 말을 이었다.

"유동윤이 그놈하고 잘 맞을 것 같지 않나?"

"유동윤 팀장이요? 아, 그러고 보니……."

배 실장이 수긍하듯 고개를 주억거렸다.

유 팀장은 규백이 유달리 아끼는 직원이었다. 예의 바르고 싹싹하면서 성격에 구김이 없었다. 인물도 제법이고 능력도 좋은데 마흔이 다 되어가는 아직까지도 좋은 여자 한 사람을 못 만났다.

"이거 팔자에도 없는 중매 노릇을 하게 될지도 모르겠군."

"하하하. 이제 거의 다 왔습니다, 회장님."

'재인학원' 간판이 붙은 건물 앞에 차가 멈춰 섰다. 최고급 차에서 먼저 내린 기사가 뒷문을 열어주자 지나가는 사람들이 힐끔힐끔 쳐다보았다.

바로 그때.

"으음······?"

규백의 미간이 잔뜩 좁혀졌다.

몇 미터 앞에 서 있던 승합차에서 두 남녀가 내리고 있었다. '재인학원'이라는 글귀가 새겨진 학원용 차량이었다.

"이사님께서 이렇게 운전을 잘하실 줄은 몰랐어요."

"원래 못하는 거 없는 사람입니다. 내친김에 재인학원 운전기사로 취직할까요?"

"무슨 농담도 그런 농담을 하세요."

"재인 씨만 조수석에 앉아 있어준다면 무보수로도 일해드릴 수 있습니다."

화기애애하게 서로를 쳐다보며 웃는 두 남녀.

누가 봐도 연인이 분명한 두 사람을 앞두고 규백의 두 눈은 발칵 뒤집혔다. 붉으락푸르락 뒤틀리는 얼굴은 이제 막 활동을 재개한 활화산과도 같았다.

"아…… 어르신?"

재인이 규백을 알아보고 놀랍다는 듯이 웃었다. 전에 우연히 만나 학원 명함을 건네줬던 일이 떠올랐다.

바쁘게 사느라 잊고 있었는데 정말로 이렇게 찾아올 줄이야.

"안녕하셨어요? 이제 몸은 좋아지신 거예요?"

재인이 상냥하게 다시금 물었다. 하지만 이내 그녀는 심상치 않은 기색을 느끼고 웃음을 지웠다. 규백의 두 눈이 노기를 가득 띠고 있었다. 심지어 자신을 바라보고 있지도 않았다.

"저기……?"

막연한 곤혹 속에서 재인이 말끝을 흐렸다.

자신을 비껴간 규백의 시선을 따라 고개가 옆으로 돌아가고 있었다. 당연히 그녀의 옆에는 규호가 서 있었다.

"……이사님?"

옆을 본 재인은 문득 등골이 서늘해졌다. 항시 절제된 모습을 유지하는 규호가 흔들리고 있었다. 두 눈은 못 볼 것이라도 본 사람처럼 큼지막했고, 벌어진 입에서는 달뜬 숨이 불규칙적으로 새어 나오고 있었다.

"아, 아버지⋯⋯."

규호의 입에서 흘러나온 신음 같은 한마디.

재인은 순간 자기 고막이 어떻게 된 것이 아닌지 의심했다.

자신이 구해줬던 사람 좋은 어르신이 규호의 아버지였다니.

시야에 담긴 세상의 빛이 절반가량 꺼져 들었다. 연이어 사방에서 들려오던 온갖 소리도 완전히 차단되었다.

간이 오그라들 정도로 놀랐지만 손가락 하나 움직일 수가 없는 재인이었다.

"아버지가 여길 어떻게⋯⋯ 오셨어요⋯⋯?"

규호가 힘겹게 말을 이으며 한 걸음 내디뎠다.

규백은 아무런 대답이 없었다. 핏발 선 눈으로 자신의 아들과 고마운 여자를 차례차례 바라보고는 휑하니 돌아섰다.

"아버지⋯⋯!"

"집에서 얘기하자. 배 실장, 가지."

"네, 네! 회장님."

규백이 방금 내린 차 뒷좌석에 다시금 몸을 실었다.

배 실장과 기사도 규호에게 냉큼 묵례를 하고는 차에 올라탔다.

규호가 더 말을 붙일 새도 없이 차는 길 너머로 사라져 갔다.

"이사님⋯⋯."

먼저 정신을 차린 쪽은 재인이었다.

한여름도 아닌데 온몸이 땀으로 흠뻑 젖어 있었다.

"이사님, 괜찮으세요?"

규호는 재인의 말을 듣지 못했다. 넋이 나간 사람처럼 차가 사라진 쪽만 멀거니 바라보고 있었다. 재인의 손이 어깨에 닿고서야 그는 흠칫 떨며 고개를 돌렸다.

"이사님 아버님 맞으시죠?"

규호가 이마 자락의 땀을 훔치며 고개를 끄덕였다.

허리를 펴고 서려다 그는 비틀거렸다. 재인이 재빨리 팔을 잡고 부축해 주었다.

"제 아버지를 아십니까?"

"전에도 한번 말씀드린 적 있을 거예요. 예전에 동창회 때문에 서울 올라갔을 때……."

재인이 규백과의 인연을 다시금 설명해 주었다.

규호는 세수하듯 두 손바닥으로 얼굴을 문질렀다. 확실히 전에도 들었던 얘기다. 설마 여기 등장하는 어르신이 자신의 아버지일 줄은 상상도 하지 못했을 뿐이다.

"재인 씨."

"네, 이사님."

"죄송하지만 오늘은 일단 들어가 봐야 할 것 같습니다."

재인이 입술을 앙다문 채 고개를 빠르게 끄덕였다. 바보가 아닌 바에야 팔자 좋게 놀고 있을 상황이 아니라는 것쯤은 벌써 알았다.

"어떻게 하시려고요?"

재인의 짧은 질문은 수많은 요소를 함축하고 있었다.

그 점을 익히 아는 규호는 짐짓 태연히 웃었다. 그리고 재인의 양어깨를 꾹 붙잡으며 말했다.

"근심스럽게 만들어서 미안해요."

"이사님……."

"다 잘될 겁니다."

규호가 재인을 살포시 안아주고는 돌아섰다.

재인은 뿌리를 박고 선 나무처럼 그 자리에 우두커니 섰다. 멀어지는 규호가 안타까워 뻗은 손에는 아무것도 닿지 않았다.

BIG LIFE

그날 저녁.

두 부자는 집 안 서재 한가운데에서 부딪쳤다.

"황영제약 한 회장과 다시 얘기할 테니 그리 알아라."

"아버지……!"

"해가 넘어가고 넌 또 한 살을 더 먹었다. 한 회장 둘째딸 좋은 아가씨다. 다른 말 말고 만나봐."

"아니요, 그럴 수 없습니다."

규호가 단호히 고개를 가로저었다.

규백이 의자 양쪽 손잡이를 주먹으로 내려치며 일어섰다.

"너 내 외아들이고 후계자야!"

"제가 그걸 모르겠습니까? 제가 궁금한 건 아버지가 외아들의 며느리를 고르시는 기준입니다. 도대체 한 회장 둘째딸은 되고 재인 씨는 안 되는 이유가 뭐냐고요!"

"네 나이가 몇인데 앞뒤 분간 못 하고 이런 철딱서니 없는 소릴 해!"

서재 문 바깥에 선 배 실장의 얼굴엔 핏기가 없었다. 규백이 찾는 책을 가지고 왔다가 노크도 못 하고 서 있는 중이었다.

15년간 수많은 소란이 있었지만 이번에는 달랐다. 부자 관계의 판도가 뒤바뀔 사건으로 확대될 조짐이 보였다.

"아버지, 일단 한번 제대로 만나봐 주세요."

규호의 목소리가 애원조로 변했다.

"재인 씨 정말 좋은 사람입니다. 아버지도 보셨으니 아시겠지만 일단 예쁘죠. 게다가 마음은 더 예뻐요."

"듣고 싶지 않다."

규백이 손사래를 쳤지만 규호는 말을 끊지 않았다.

"자라온 환경이 풍족하지 못해서 일찌감치 빛을 발하지 못했을 뿐이에요. 굉장히 현명하고 사려 깊은 여잡니다. 만날 때마다 새로운 점을 배우고 느끼게 해줘요. 제 일에 도움이 되고 나아가 하루하루 삶에 위로가 되어주는 여자라고요."

"듣고 싶지 않다니까!"

일갈하고 난 규백이 미간을 찌푸리며 가슴에 손을 얹었다.

규호는 즉시 말다툼을 하던 것도 잊고 안색이 창백해져 한 걸음 다가섰다.

"괜찮으세요, 아버지?"

"흐으, 일없다."

"흥분하시면 안 된다고요."

"네놈이 사람을 흥분하게 만들고 있잖아."

규호가 부랴부랴 정수기에서 물 한 잔을 떠왔다.

컵을 받아 든 규백은 물을 반쯤 마시더니 의자에 앉았다. 한숨 돌리는 사이에 생겨난 정적을 규호는 가만히 지키면서 기다렸다.

"애비도 알아."

한참 만에 규백이 입을 열었다.

"좋은 여자라는 건 처음 봤을 때부터 알았어."

긍정적인 말이다. 규호의 가슴 깊은 곳에서부터 희망이 피어올랐다. 아버지의 다음 이야기가 이어지기 직전까지는.

"하지만 그것뿐이야. 너하고는 너무도 달라. 한낱 평범한 가정에서 자라난 평범한 여자야. 회사를 이끌어 가야 할 너를 내조해 주는 데에도 한계가 있어."

"아까 말씀드렸다시피 내조도 잘해줄 거라고요."

"애비 피곤하다. 긴말하기 싫어."

의자 등받이에 몸을 기댄 규백이 고통스러운 듯이 두 눈을 내리감았다.

규호는 시선을 옆으로 돌렸다. 좋아하는 여자를 받아주지 않는 아버지가 원망스러우면서도 한편으로는 가슴이 시렸다.

이제 예전처럼 건강하지 못하다. 기력이 쇠진한 아버지를 똑바로 쳐다보기가 힘들었다.

"제 마음 바뀌지 않을 겁니다."

규호가 스스로 다짐하듯이 바닥에 대고 말했다.

"아버지가 엄마를 만나셨듯이 말입니다."

"……."

"일찍 주무세요. 저도 들어가 보겠습니다."

규호가 인사하고 서재를 나섰다.

홀로 남은 규백은 금세 두 눈을 뜨더니 혀를 끌끌 찼다.

"이게 또 안 먹히네."

똑똑.

"들어와."

문이 열리고 배 실장이 들어섰다.

손에 든 책을 공손히 내밀며 그는 말했다.

"낮에 말씀하셨던 그 하재건 작가의 책입니다."

"아, 그래. 수고했어. 거기다 놔."

배 실장이 책상 위에 가져온 책을 내려놓았다.

표지에 새겨진 '멍청한 여자'라는 제목을 들여다보며 규백은 물었다.

"자네, 본 적 있나?"

"네? 아, 네. 이 책도 여러 번 읽어봤습니다."

"책 말고 저놈 말야."

규백의 손가락이 벽 너머 규호의 방 쪽을 가리키고 있었다.

"솔직히 조금 놀랐어. 저놈이 이렇게 열성적으로 좋아하는 여자에 대해 떠들어 댄 적이 있었느냐 말이지. 자네 생각은 어떤가?"

"제 주제에 함부로 의견을 드리기가 조금……."

"시끄럽고 그냥 말해봐."

"진심으로 사랑하는 것 같습니다."

배 실장이 스스로 말해놓고도 멋쩍어서 헛기침을 했다.

규백은 턱을 괴고 상념에 잠겼다. 눈앞으로는 낮에 우연히 만났던 아들의 모습을 그려보고 있었다. 그토록 행복하게 미소 짓는 아들을 본 것이 얼마 만인지 까마득했다.

'여보, 나 이거 어떡해야 되나? 당신이 없으니까 당최 아들놈 일은 뭐가 됐든 대책이 안 서.'

떠나간 아내에게 마음으로 묻다 보니 술이 마시고 싶었다. 하지만 배 실장이 허락하지 않으리라는 것을 알기에 규백의 입은 열리지 못했다. 잠은 안 올 것 같은데 하필 밤도 긴 겨울이라 그저 안타깝기만 했다.

BIG LIFE

-마켓 플레이스 퇴고 끝낸 원고 다시 드립니다. 읽어보시고 연락 주세요.

명석에게 메시지를 보내고 난 재건은 노트북으로 이메일을 썼다. 상대는 미국 오픈하우스 편집장 에이든 쿠퍼였다. '더 브레스' 미국 출판용 원고 작업이 3권까지 진행되고 있다는 내용과 함께 짤막한 안부를 전한 뒤 마침표를 찍었다.

"자, 이제 시간을 좀 벌었지."

재건이 혼잣말을 중얼거리며 워드 프로그램을 작동시켰다.

최근 작업 목록에 '더 브레스', '마켓 플레이스', '인간의 악의', '작사 작업' 순으로 문서가 나열되어 있었다.

재건은 양쪽 귀에 이어폰을 꽂고는 '작사 작업' 문서를 마우스로 클릭했다. 현재 당면한 가장 급한 작업이었다. 채린과 유나로 구성된 합동 유닛이 부르게 될 노래 가사였다.

곡이라면 이미 받아서 들었다. 강렬한 비트로 감성을 울리는 일렉트로닉 댄스 음악이었다. 밤의 도로를 질주하는 듯한 속도감에 어딘지 모를 고독감이 더해진 분위기가 좋았다.

수없이 반복해서 들으며 멜로디를 익혔다. 지금도 이어폰을 통해 그 음악이 흘러나오고 있었다.

타다다닥! 타닥! 타다닥!

하얀 여백에 문장이 하나둘씩 새겨지기 시작했다.

가사의 소재는 '도시'였다. 재건의 의견이 아니라 애초에 도시적인 이미지를 그리고 기획된 곡이었다.

'일단 이 음악 분위기에 맞춰서 이야기를 쓴다……. 최대한 몰입해서 어울리는 이야기를 쭉 만드는 거야. 그다음 곡에 맞도록 가사로 수정하고.'

재건은 도시라는 소재 안에서도 속도라는 특성에 주목했다.

뭐든지 빠르게 돌아가는 도시인의 하루와 그 안에서 묻어나는 감성을 주제로 이야기를 만들어 가고 있었다.

'이런 것만으로는 모자라.'

두어 시간을 쉬지 않고 쓰던 재건이 키보드에서 열 손가락을 거둬들였다. 그리고 지금까지 휘갈긴 문장들을 훑어보

앉다.

평생 바쁘게만 살면서 뭐가 남는 걸까.

내 어린 시절의 꿈은 무엇이었을까.

내가 가장 빛나던 시기는 과연 언제였을까.

'아, 어딘지 식상해. 뭔가 다른 감성이 더 필요한데…….'

드르륵!

탁자 위에 놓아둔 핸드폰이 몸을 떨었다. 진동을 느낀 재건은 이어폰을 빼고 손을 뻗었다. 반가운 누나의 이름에 받기도 전에 웃음이 났다.

"우리 아름다운 누님께서 초저녁부터 웬 전화를 주셨나."

─그냥 전화해 봤어. 바쁘니?

"아니, 괜찮아. 오늘은 좀 쉬려던 참이었어."

재건이 귀와 어깨 사이에 핸드폰을 끼고 기지개를 켰다.

하품 소리를 들은 전파 너머의 재인이 말했다.

─목소리 들으니까 피곤해 보인다. 오늘은 안 되겠네.

"무슨 소리야? 오늘은 안 되겠다니?"

─사실 잘난 동생한테 술 한잔 얻어먹고 싶어서 전화한 거든.

대번에 근심스러워지는 재건이었다. 누나는 쉽게 술을 찾을 사람이 아니다. 어지간히 기쁘거나 혹은 그 반대의 일이 아니고서야 술을 마시자고 먼저 말을 꺼내는 일은 드물었다.

"알았어, 지금 준비하고 나갈게."

무슨 일이 있느냐는 질문도 하지 않았다. 재건은 자리에서 일어나 욕실로 잰걸음을 옮기며 말을 이었다.

"1시간 안 걸릴 거야. 어디서 마실까?"

─정말 괜찮겠어? 피곤하지 않아?

"잠 푹 잤으니까 걱정하지 마. 일단 내가 집 근처로 갈 테니까 준비하고 있어."

그로부터 약 1시간 후.

재건과 재인은 수원 본가 인근의 횟집에 자리를 잡고 술잔을 기울이고 있었다. 사이좋게 건배를 나눈 남매는 각자의 목젖 너머로 차가운 소주를 넘겼다.

"아, 좋다."

"좋다면서 얼굴은 왜 그렇게 찡그리는 건데."

재건이 맛있는 부위 한 점을 재인의 접시에 덜어주며 물었다.

"무슨 일 있었어?"

"아니, 왜?"

"누나가 갑자기 술을 찾으니까 이상하다는 생각이 들어서."

"이상하긴 뭐가 이상해. 나도 술 마시고 싶을 때가 있는 거지. 내가 한잔 줄게, 받아."

재건은 술을 받으며 재인의 표정을 이리저리 살폈다. 어딘가 부자연스러운 활기가 마음에 걸렸다.

"맞아, 그 작사 하는 건 잘되고 있어?"

"잘 모르겠어. 이게 옛날부터 생각했던 건데 작사라는 게 참 어렵네. 쉬운 표현으로 귀에 쏙쏙 꽂히는 노랫말을 만든다는 게 보통 일이 아닌 것 같아."

재건이 핸드폰을 꺼내 들며 물었다.

"작업한 거 누나도 좀 볼래?"

"있으면 보여줘 봐."

"이야기를 쓰는 단계라서 좀 중구난방이니까 감안하고 봐."

재인이 건네받은 핸드폰으로 내용을 쭉 읽었다.

이윽고 고개를 든 그녀는 손가락으로 허공에 원을 그리며 의견을 덧붙였다.

"빠르게 돌아가는 도시의 모습이나 그런 걸 표현하는 건 좋은데. 이런 종류의 가사들은 기존에 너무 많이 나오지 않았어?"

"내 말이. 같은 하늘 아래 새로운 건 없다지만 조금은 더 그럴듯한 가사가 됐으면 좋겠는데. 어떤 감성을 더해야 할까?"

그렇게 물으며 재건은 상 위를 내려다보았다. 술과 안주가 가득한 상을 보니 문득 생각나는 바가 있었다.

"음, 그래. 이런 것도 있지."

"이런 거라니?"

"하루를 힘들게 보내고 난 도시 사람들이 술 한잔 혹은 좋은 사람을 통해서 스스로를 위안하는 뭐 그런 느낌."

재인이 손가락을 튕기며 말을 보탰다.

"그리고 그런 게 당연하다고. 나만이 아니라 모두가 이렇게 살고 있으니까 의구심 없이 이 세계를 받아들여야 한다고. 관조하는 듯한 입장에서 가사를 적어도 괜찮지 않을까?"

"어? 지금 뭔가 떠올랐어. 맙소사, 누나가 도움이 됐어."

"이게 언제는 내가 전혀 도움이 안 됐던 것처럼 얘기하네. 죽을래?"

재인이 주먹을 불끈 쥐어 보였다.

신이 난 재건은 즉시 펜을 꺼내 메모하기 시작했다. 서재 안에서 홀로 머리를 싸맬 땐 도통 나오지 않던 감성이 누나 앞에서 거침없이 쏟아져 나왔다.

"됐어, 누나. 이 정도면……."

한참 만에 메모를 끝마치고 고개를 들었을 때, 재건은 맞은편을 보고 할 말을 잃었다. 식당 바깥 거리를 내다보는 재인의 두 눈이 촉촉이 젖어 있었다.

"무슨 일인데?"

"아니야……."

재인이 무안한 듯 웃으며 눈가를 살짝 닦았다.

"정말 아무것도 아니야. 네가 이렇게 대단한 작가가 돼서 우리 집안 일으키고, 난 아무 걱정도 없이 동생이랑 맛있는 회에 술잔 기울이고 있고…… 어머."

말하던 도중 재인이 창밖을 보며 반색했다. 가느다란 빗방울이 하나둘씩 떨어지고 있었다.

"와, 겨울비가 다 내리네. 좋다."

"말 돌리지 말고."

"무슨 말을 돌렸니, 내가. 그냥 너무 행복해서 그랬어. 이게 다 꿈만 같아서 옛날 생각이 났어. 네 말마따나 내가 멍청한 여자로 살던 시절을 곱씹으니 나도 모르게 눈물이 핑 도네."

"쓸데없이……."

재건은 시큰한 가슴을 숨기고 회 한 점을 집어 우물거렸다.

본디 누나의 연기력이 형편없다는 사실을 잘 알고 있었다. 하지만 오늘은 행동거지가 물 흐르듯이 자연스러웠다. 아무리 봐도 연기가 아니어서 어이없게도 속아버리고 말았다.

"근데 그 가사, 정말 내가 도움은 된 거야?"

"어, 도움 됐어. 어떻게 써야 할지 딱 감이 잡혔어."

"잘됐네. 오늘 네가 쏴. 아, 그리고 이채린이랑 한유나랑 만드는 그 그룹 이름은 뭐래?"

"C.Y로 할 거 같다던데. 채린의 C랑 유나의 Y를 따서."

"네가 쓰는 노래 제목은?"

"아직 못 정했어. 제목은 영 자신이 없어서."

재건이 제목을 생각하며 고민에 빠졌다.

그 앞에서 재인은 몰래 안도의 한숨을 내뿜었다. 하마터면 감정을 절제하지 못하고 동생에게 들킬 뻔했다.

그럭저럭 평탄한 겨울 하루가 저물어 가고 있었다.

BIG LIFE

서재에 다섯 시간 이상을 머물렀던 적이 얼마 만일까.

책의 마지막 장이 눈앞에 펼쳐졌을 때 규백은 문득 생각했다. 가슴 가득 남은 여운이 먹먹했다.

'이거 후유증이 좀 오래가겠는데.'

규백이 침음 섞인 한숨을 내쉬며 고개를 들었다. 책으로 가득한 서재의 고요한 풍경이 한눈에 들어왔다. 멍하니 바라보자 문득 한 여인의 그림자가 오롯이 솟아났다.

여인의 그림자는 서가의 이쪽저쪽을 돌며 책을 읽거나 먼지 쌓인 책장과 융단을 청소하기도 했다.

'여보……'

생전 아내의 모습을 되새기며 규백은 목울대를 울렸다.

이제 막 전부 읽은 '멍청한 여자' 때문이었다. 소설의 여주인공은 세상을 떠난 아내와 꼭 닮았다.

도통 자신을 위할 줄 모르는 멍청한 여자.

가족에게 헌신하는 것만이 유일한 기쁨이었던 성격부터 완전히 판박이였다.

읽는 내내 아내의 얼굴이 떠올라 몇 번이고 울음을 삼켜야 했다.

사랑의 열병으로 앓았던 청춘과는 수십 년 전에 작별을 고했다. 하나 아직도 아내를 생각하면 뜨겁다.

규백의 가슴 안에서 두 사람은 여전히 살아 있었다.

가장 아름답고 찬란했던 그 시절 모습 그대로.

'글 한번 맛깔스럽게 쓰는군.'

규백은 붉어진 눈시울을 깜박이며 씁쓸히 웃었다.

실로 간만에 소설 한 권을 읽고 진심으로 감동했다.

아내와 닮은 여주인공 덕에 평생 손에 꼽을 책으로 남게 생겼다.

하재건이란 작가의 다른 작품으로까지 관심이 가는 것도 당연한 수순이었다.

'활동량이 엄청난걸?'

규백은 인터넷으로 하재건에 대한 정보들을 훑어보면서 혀를 내둘렀다.

그간 크게 관심을 두지 않아 몰랐지만 국내 작가들 중에서는 거의 독보적인 입지를 구축하고 있었다.

다양한 장르를 넘나들면서 상업성과 작품성 두 마리 토끼를 동시에 잡아낸 작가.

문화부 장관 표창을 비롯해 각종 알짜배기 문학상과 영화제 수상을 휩쓸다시피 한 작가.

원작을 토대로 만들어진 2차 창작물로 해외에서도 경악스런 성과를 이끌어 내고 있는 작가.

이 모든 것이 하재건이란 작가 단 한 사람이었다.

'규호 녀석이 만든 것도 있군.'

중국에 이어 대만에서까지 흥행 돌풍을 일으키고 있는 '오스카의 던전' 뉴스를 보며 규백은 흐뭇하게 웃었다.

사랑하는 아들이 만들어낸 작품이니 웃지 않을 수가 없었다.

바로 그때.

똑똑.

"들어와."

규백이 메마른 목소리로 말했다.

살며시 문이 열리면서 심복 배 실장이 서재 안으로 들어섰다.

"분부하신 대로 알아봤습니다, 회장님."

"서 있지 말고 앉아서 말하게."

규백이 흔들의자에서 일어섰다. 그와 소파에 마주 앉은 배 실장은 모은 두 손을 꼼지락거리며 입을 열었다.

"어디서부터 말씀드려야 할지……."

"떠오르는 대로 편하게 읊어봐."

"일단 나이는 올해 33살입니다. 가족은 아버지와 어머니, 그리고 남동생이 하나 있습니다. 이수여대에서 사학을 전공했고 대학원 진학은 하지 않았습니다."

"이수여대라고? 공부는 제법 했구만."

"네, 학원을 운영하기 직전까지는 방문 학습지 교사 일을 비롯해 학습 서적 교정 교열이나 번역 등 온갖 부업을 했던 것 같습니다. 당시 하재인 씨가 근무했던 사무실 동료에게 물어보니 하루도 쉰 적이 없답니다. 그 방문 학습지 교사라는 게 일하는 만큼 돈을 버는 구조라서요. 대학원 등록금과 생활비를 벌어야 했다는 말도 있었고요."

"으음……."

규백은 등받이에 뒷머리를 기댄 채 고개를 끄덕였다. 지금껏 세 번 보았던 재인의 인상과 견주어 보니 수긍이 가는 사연이었다.

"그런데 돈을 정말 열심히 모았나? 무슨 수로 직장을 그만두고 학원을 차렸지? 아무리 서울 바깥이고 영세하다고 해도 한두 푼으로 가능한 일은 아닐 텐데."

"지금 말씀드리려던 차였습니다. 하재인 씨의 남동생 덕분에 집안 형편이 많이 좋아진 것 같습니다. 그게⋯⋯."

배 실장의 눈동자가 살며시 옆으로 돌아갔다. 규백의 책상 위에 놓인 '멍청한 여자'를 힐끗거리면서 그는 말을 이었다.

"그 하재인 씨 남동생이 하재건 작가라고 합니다."

"⋯⋯?"

규백이 찻잔을 들다 말고 그대로 굳었다. 그의 노트북 모니터 화면에는 아직 꺼지지 않은 하재건의 정보가 고스란히 떠올라 있었다.

"어쩐지 어딘가 이름이 익숙하다고 생각했었는데 미처 깨닫지 못했습니다. 죄송합니다, 회장님."

"아니, 잠깐만⋯⋯."

규백이 찻잔을 내려놓고 손사래를 쳤다.

"그 아가씨 남동생이 하재건이라고?"

"네, 회장님."

"지금 이⋯⋯ 내 컴퓨터에 뜬 이 작가와 동일 인물이라고?"

"그렇습니다, 회장님."

"내 아들놈이 만드는 게임 원작자이기도 하고?"

"오스카의 던전과 겨자 목욕탕이 있지요."

배 실장의 대답은 거침이 없었다.

규백은 어안이 벙벙해져 일순 할 말을 잃었다. 고개가 서서히 옆으로 돌아가면서 책상 위에 놓아둔 '멍청한 여자'가 그의 시야를 가득히 채웠다.

"그러니까…… 자네가 가져온 저 책을 쓴 하재건이라고?"

"네, 회장님."

"그 말인즉슨……."

규백은 말을 잇지 못하고 신음과 함께 고개를 뒤로 꺾었다.

잘게 부서진 정보의 조각들이 하나로 합쳐지고 있었다.

'멍청한 여자'는 자기 누나의 이야기라고 작가가 직접 밝힌 소설이다. 그리고 아들이 만나는 아가씨는 바로 그 작가의 누나인 것이다.

'그래서 그런 느낌이 들었던 건가…….'

두 번째로 재인과 마주쳤던 때가 아른거렸다. 생김새가 전혀 다른 그녀를 통해 죽은 아내의 향취를 느꼈던 연유를 어렴풋하게나마 알 것도 같았다.

배 실장이 진지하게 말을 이었다.

"조사해 보니 재산도 상당했습니다. 단 한 사람의 작가가 3년 사이에 벌어들였다고는 믿어지지 않는 수치였습니다. 이제 곧 200억 원을 돌파하려는 걸 보면 역시 해외시장이 크긴 큽니다."

규백은 멍하니 배 실장의 이야기를 듣고 있었다.

이제 나이 고작 서른에 글만 써서 그렇게 많은 돈을 벌었다니.

시가 총액 8조를 넘보는 대기업의 수장이 듣기에도 내심 놀라울 만한 이야기였다.

"규호는 언제 돌아온다고 했지?"

"내주까지는 대만 지사에 머무르실 것 같습니다."

"그래, 알았어. 이만 나가보게."

"네, 회장님."

배 실장이 나가고 문이 닫혔다.

머리가 복잡해진 규백은 한숨부터 내쉬었다.

자신이 허락하더라도 저 아가씨가 과연 버텨낼 수 있을까.

책상 위에 놓인 사진첩 속에서 아내의 얼굴은 오늘도 환히 웃고 있었다.

113장
이사님이 결근이라니

-마켓 플레이스는 더 이상 손댈 구석이 없는 것 같습니다. 이대로 출간 진행해도 괜찮으시겠습니까?

"네, 편집장님. 이번에도 잘 부탁드리겠습니다."

수정을 거친 '마켓 플레이스' 원고가 통과됐다.

재건은 상쾌함을 느끼며 가슴을 크게 들썩였다. 이렇게 또 마음의 짐 하나를 완전히 덜어냈다.

　-마켓 플레이스는 사전 예약 20만 부 이상 들어갈 겁니다.

"네? 20만 부요?"

　-뭘 그렇게 놀라세요. 하 선생님 작품이니 충분히 소화 가능합니다. 제 마음 같아서는 50만 부 정도 찍고 싶어요.

"아니, 편집장님. 아무리 그래도 단편집이기도 하고 저는 좀 걱정스러운데요."

　―작품 쓰신 당사자이시면서 이렇게나 세간의 반응을 모르십니다. 이미 수록된 작품 중 하나가 단막극 드라마로도 나온 데다, 아니, 이런 측면을 다 떠나서 하 선생님의 지금 입지를 보세요. 걱정하실 부분 전혀 없습니다.

　"그렇게 말씀해 주시니 감사합니다만, 저는 진짜 모릅니다. 나중에 편집장님이 책 안 나간다고 저 원망하셔도 소용 없어요."

　―하하하, 그럴 리가요. 그런 상황이 되면 제가 직접 트럭에 싣고 다니면서라도 전부 팔고 말겠습니다.

　명석을 따라 재건도 크게 웃었다.

　그간 쌓아온 우정으로 두 사람의 관계는 더욱이 돈독해졌다. 이제는 업무적인 얘기 외에 곧잘 농담도 주고받는다.

　"유진 씨도 잘 지내시죠?"

　―네, 집에서도 정신없이 지냅니다. 더 브레스 미국판 원고 살펴보랴, 오픈하우스랑 화상으로 회의하랴, 출퇴근하는 저보다 바빠요. 권 대표님하고도 자주 통화하던데요.

　이후 '마켓 플레이스' 출간 기념 사인회 및 인터뷰에 관한 대화가 한동안 오갔다.

　그런 다음 전화를 끊고 난 재건은 의자 손잡이를 붙잡고 일어섰다.

"리카, 눈솔. 나랑 같이 2월의 칼바람 좀 쐬고 올래?"

또 한 작품을 끝냈으니 인사를 드리러 가야 할 사람이 있었다.

리카는 재건의 행선지를 바로 파악했다는 듯이 날랜 몸짓으로 달려왔다. 그 뒤를 눈솔도 엉기적거리며 따랐다.

"선배님, 저희 왔어요."

"야옹."

서건우의 무덤 앞에서 재건과 리카가 나란히 인사했다.

추위를 유독 타는 눈솔은 재건의 재킷 속에서 나올 생각이 없었다.

"선배님의 가르침 덕분에 이번에도 무사히 마켓 플레이스 마무리했습니다. 사전 예약분으로 20만 부나 찍는대요. 과연 전부 소화해 낼 수 있을까 조금 걱정됩니다."

무덤을 돌아보며 재건이 말했다. 평소에도 자주 찾아와 돌봤기에 딱히 손질할 부분은 눈에 띄지 않았다.

문득 서건우의 아들 서상도 생각이 났다. 아버지의 흔적을 뒤쫓아 먼 여행을 떠난다던 그의 편지도 소중히 보관하고 있었다.

오래도록 소식이 없다. 지금쯤 어디에서 무엇을 하고 있을지 새삼스레 걱정도 들었다.

'먼저 연락하지 말라고 했지만…….'

잠시 망설인 끝에 재건은 핸드폰을 꺼내 들었다. 그리고 실로 오랜만에 서상도의 번호로 전화를 걸었다. 이윽고 돌아온 안내 음성은 없는 번호임을 알려주고 있었다.

"없는 번호라고 뜬다, 리카."

"야옹……?"

"이럴 줄 알았으면 조금 더 일찍 연락해 볼 걸 그랬나."

재건이 씁쓸하게 중얼거리고는 대선배의 무덤에 술 한잔을 올렸다. 그리고 얼어붙은 잔디에 앉아 잔을 들었다. 차를 가져왔기에 마시진 못하고 예의상 입술만 살짝 적신 다음 일어섰다.

'으음……?'

차를 몰아 집 앞으로 돌아왔을 때, 운전석에 앉은 재건은 멍하니 차창 바깥을 바라보았다.

몇몇 남자가 출입문 근처를 기웃거리고 있었다. 그중 한 사람은 도서관 강연과 걷기 대회 때도 보았던 공무원이었다. 총무과 과장이라고 했었던가.

"무슨 일이세요?"

차에서 내린 재건이 경계하는 표정으로 물었다.

사전에 말도 없이 다짜고짜 찾아오는 건 이걸로 두 번째다.

입술만 살짝 축였던 술기운이 머리 꼭대기까지 뜨겁게 차오르는 느낌이었다.

"아이고, 하 선생님. 안녕하십니까."

남자들이 우르르 몰려와 재건 앞에 섰다. 이어 한 사람씩 정중히 인사하면서 자신들을 소개했다.

"처음 뵙겠습니다. 부구청장 석민관입니다."

"저는 문화체육과 업무를 총괄하는 이금동 과장입니다."

"저는 문화행사를 담당하는 이철민이라고 합니다."

"네, 안녕하세요. 무슨 일로 찾아오셨습니까?"

집 안으로 들일 생각이 없는 재건이 단도직입적으로 물었다.

서로의 눈치를 본 끝에 총무과 과장이란 남자가 대답했다.

"이번에 저희 구청이 말입니다. 문화체육관광부와 연계해서 문학인의 밤을 기획했습니다. 여기 하 선생님을 모시고 하 선생님 단독으로 행사를 진행하려고 합니다."

"아니, 잠깐만요."

재건이 날카롭게 말을 잘랐다.

걷기 대회에 이어서 이번엔 문학인의 밤이라니.

행사의 성격을 떠나서 당하는 건 한 번으로 족했다.

"이미 기획을 하셨다는 말씀이세요?"

"네, 선생님. 저희 구청장님께서 말씀하시길 만반의 준비를 갖췄으니 선생님께서는 몸만 오시면 된다고, 그리고 이번에 문화부 차관님도 참석하시게 될 것 같고요. 마침 찾아올 계절도 좋은 춘삼월에…….'"

재건이 자기도 모르게 아랫입술을 깨물었다.

"만반의 준비고 계절이고 간에 제게 언급이라도 해주셨어요? 걷기 대회 때도 말씀드렸지만 이런 건 사전에 동의를 구해야 하는 일 아닙니까?"

"아, 그건…… 그래서 이렇게 선생님의 의향을 여쭤보려고 찾아뵀습니다. 것도 그렇지만 저희가 자잘한 준비를 다 끝내고 이렇게 말씀을 드리면 선생님께서 좋아하실 줄 알고……."

말끝을 흐리는 와중에 공무원들은 서로의 눈치를 보고 있었다.

재건은 현관문을 살짝 열고 리카와 눈솔을 들여보내며 말을 이었다.

"전혀 좋지 않습니다. 그때도 분명히 제 견해를 피력했습니다. 두 번 다시 이런 일이 없었으면 좋겠다고요."

"선생님, 하지만 벌써 선생님의 참석을 고대하는 수많은 독자가……."

"그게 잘못됐다는 겁니다, 과장님."

재건은 답답한 나머지 그만 목소리를 높이고 말았다.

"지금 과장님은 마치 제 독자분들을 인질처럼 생각하시는 것 같습니다. 오죽하면 제가 SNS를 통해서도 얘기를 해뒀겠습니까? 제 SNS를 통하지 않은 행사는 확실한 게 아니라고."

"아, 아니요. 선생님, 저는 그런 의미가 아니라……!"

당황한 공무원들이 벌게진 얼굴로 허둥거렸다.

재건은 핸드폰을 꺼내 들더니 지나간 뉴스 하나를 찾아 그들 앞으로 들이밀었다.

"지역신문에 떴던 기삽니다. 제목 보이세요? 양범식 구청장과 하재건 작가, 청렴결백한 공무원의 탁월한 인맥? 이게 말이 되는 내용입니까? 저는 구청장이 어떤 사람인지 제대로 알지도 못하는데 탁월한 인맥이라고요?"

"으음……. 하 선생님, 그 기사는 그러니까……."

재건은 변명할 틈을 주지 않았다.

"양범식 구청장님께 말씀 전해 주세요. 무슨 의도로 자꾸 저를 엮은 행사를 기획하시는 건지 이제 조금은 알 것 같다고요. 하지만 저는 그 마음에 부응할 생각이 전혀 없습니다. 아시겠습니까?"

말을 마친 재건이 매몰차게 돌아섰다.

그가 들어가고 닫힌 현관문 앞에서 공무원들은 자리를 뜨지 못하고 발을 동동 굴렀다.

"하, 하 선생님! 제가 말주변이 없어서 조금 오해하신 부분들이 있으신 것 같습니다! 잠깐만 더 제 이야기를 들어보시죠! 네? 하 선생님! 하 선생님!"

재건은 공무원들의 외침을 무시하고 정원을 가로질렀다.

기다리고 있던 리카와 눈솔이 그의 뒤를 바싹 따랐다.

드르륵!

주머니에서 핸드폰이 진동했다.

공무원의 전화라고 여긴 재건은 싸늘하게 웃었다. 차단하려고 핸드폰을 꺼내 든 순간 그는 두 눈을 휘둥그레 떴다.

"여보세요? 남 이사님?"

─안녕하셨습니까, 하 선생님. 별일 없으시죠?

"네, 저는 별일 없습니다. 남 이사님도 건강히 잘 지내시죠? 갑자기 어쩐 일이세요?"

─그게 말입니다…….

규호가 이럴 때도 있었던가.

망설이는 기색으로 뜸을 들이는 목소리에 재건은 몹시 의아스러웠다.

"무슨 일이신데요? 혹시 더 브레스 온라인 게임 쪽으로 안 좋은 소식이라도 있는 겁니까?"

─아니, 그건 아닙니다. 더 브레스 기획은 차질 없이 제대로 진행되고 있습니다. 그게 아니라 저, 하 선생님…….

짧은 한숨이 전파 사이를 갈랐다.

기다리고 있는 재건의 귓가로 규호의 말이 이어졌다.

─정말 대단히 죄송합니다만…… 저희 집에 한번 와주시겠습니까?

"남 이사님 댁에 제가요?"

─네, 한번 저희 집에 모시고 싶습니다.

갑작스레 자기 집으로 초대하려는 저의가 뭘까.

재건은 멍해져 눈앞의 창문을 바라보았다. 유리에 비친 얼굴은 한없이 얼떨떨한 표정이었다.

─죄송합니다. 앞뒤 얘기도 없이 제가 하 선생님을 당황스럽게 만든 것 같습니다.

"네……. 당황하지 않았다면 거짓말이고요."

느릿한 어조로 대꾸하는 사이, 재건은 규호의 목적을 어렴풋하게나마 알 것 같았다. 업무적인 일은 단연코 아니다. 그렇다면 사적인 일인데, 여기에 관련될 만한 일이라면 바로 떠오르는 것은 사랑하는 누나의 얼굴이었다.

─저기, 하 선생님.

"듣고 있습니다. 말씀하세요."

─역시 전화로 말씀드릴 사항은 아니었던 것 같습니다. 혹시 오늘 저녁 시간 괜찮으십니까?

"음, 오늘 저녁이요……."

재건이 말끝을 흐리며 일정을 되짚었다. 특별히 약속이라거나 해야 할 일은 없었다. '마켓 플레이스'를 끝냈으니 수희가 퇴근하면 둘이서 오붓하게 소소한 자축이나 할 계획이었다.

−오늘 어려우시면 다음에라도……

"아니요, 가능합니다."

재인을 생각하면서 재건은 즉답했다. 더불어 느껴지는 바도 있었다. 지금 규호는 뭔가 용기를 내려고 하고 있다.

"어디서 뵐까요?"

−저녁 식사로 뭐가 좋으시겠습니까? 하 선생님께 맞춰서 자리를 잡아보겠습니다.

"저는 뭐든지 잘 먹습니다. 남 이사님께서 저보다 훨씬 경험이 풍부하시니 알아서 잡아주시면 감사하겠습니다."

−알겠습니다. 그러면 제가 잠시 후에 다시 연락을 드리겠습니다.

전화를 끊고 난 재건은 수희에게 메시지를 작성하기 시작했다. 그러던 중에 화면이 바뀌면서 수희로부터 전화가 걸려왔다.

"어, 수희야."

−왜 이렇게 빨리 받아? 오스카의 던전 하고 있었어?

"아니, 너한테 메시지 보내던 중이었어."

−아, 정말? 무슨 말 하려고 했던 건데?

전파 너머 수희의 주변이 몹시 시끄러웠다. 기획이니 던전이니 캐릭터니 여러 직원의 대화가 정신없이 오가고 있는 중이었다.

  ─저기 재건아, 지금 통화 길게 못 하겠다. 그것보다 나 오늘 더 브레스 때문에 야근하게 됐어. 그래서 오늘 저녁 같이 못 먹을 것 같아.

  "나 때문에 야근하는 거 같아서 괜히 미안하네."

  ─네가 나중에 안마해 줘. 근데 안마도 오늘은 못 받겠네. 기획안 든 USB를 집에 두고 왔거든. 그것만 아니었으면 늦게라도 너 보러 갈 텐데.

  "하루 못 보는 건데 뭐. 미안해하지 말고 저녁 잘 챙겨 먹으면서 일해."

  ─이해해 줘서 고마워. 그럼 일단 끊고 내가 나중에 다시 전화할게.

  전화를 끊은 재건은 고개를 갸웃거리며 웃었다. 일이 이렇게 되느라고 수희도 야근을 하게 된 건가. 씻으려고 욕실로 향하는 발걸음이 한결 개운해졌다.

BIG LIFE

  "갑작스럽게 정말 죄송합니다."

  술 한잔을 따라 주며 규호는 사과부터 했다.

  다다미가 깔린 참치 전문점의 아담한 방이었다. 술을 받은 재건은 병을 들고 규호에게 한잔 따라 주었다.

"제가 돌이켜 봐도 말이 안 되는 소리였습니다. 갑자기 전화를 걸어서 다짜고짜 집에 한번 와주십사 말씀을 드렸다는 게…… 일단 한잔 하시죠."

건배를 나눈 두 사람은 차가운 술을 단숨에 들이켰다.

규호는 신선하고 맛깔스런 참치에 눈길조차 주지 않고 연거푸 술을 따랐다. 한눈에도 초조한 기색이 역력했다.

"뭐든지 편하게 말씀하셨으면 좋겠습니다."

재건이 젓가락을 내려놓고 입을 열었다.

"저는 무슨 얘기라도 들을 준비가 돼 있습니다. 그러니 심려치 마시고 편안하게 말씀해 주세요."

"그렇게 말씀해 주시니 무척 고맙습니다만……."

규호가 말끝을 얼버무리고는 또 한잔의 술을 들이마셨다. 보다 못한 재건은 새 젓가락을 꺼내 그의 접시에 참치 몇 점을 덜어주었다.

"술만 드시면 빨리 취하실 거예요."

"……참 닮으셨습니다."

규호가 혼잣말을 하듯 무심코 중얼거렸다. 재건이 멍하니 쳐다보자 그는 곤혹스런 표정으로 덧붙였다.

"아니, 저도 모르게……. 내가 오늘 왜 이럴까. 그러니까 재인 씨와 하 선생님 말입니다. 주변 사람들을 배려해 주시는 그런 마음씀씀이랄까."

"아아, 네……. 하하하."

두 남자의 얼굴에 한줄기 웃음이 일었다. 덕분에 조금 마음이 편해진 규호는 목울대를 울린 끝에 본론으로 들어갔다.

"사실…… 재인 씨와 함께 있다가 제 아버지를 만났습니다. 아니, 들켰다는 표현이 적확할까요."

"……?"

"재인 씨를 만나러 학원에 갔습니다. 그런데 거기 제 아버지가 찾아오시는 바람에……."

"남 이사님, 잠깐만요."

놀란 재건은 자기도 모르게 규호의 말을 끊어버렸다.

"제가 잘 이해가 안 됩니다만, 남 이사님의 아버님이시라면…… 그러니까 회장님께서 무슨 일로 저희 누나의 학원에……?"

"재인 씨가 하 선생님께 아무 얘기도 안 하신 모양입니다. 여기엔 사정이 조금 있었습니다."

규호는 자기 아버지와 재인 사이의 인연을 소상히 설명했다. 어안이 벙벙해진 채로 듣고 있는 재건의 표정은 시시각각 변해갔다.

"……그렇게 심근경색 발작으로 쓰러지셨던 제 아버지를 구해준 뒤부터 얘기가 이렇게 된 겁니다."

"이런 일이 있었네요."

"하 선생님께도 면목 없는 일입니다. 이런 일이 발생하기 전에 재인 씨를 아버지께 소개시켜 드렸어야 했는데."

규호는 자책감으로 미간을 한껏 찌푸리고 있었다.

재건은 술잔에 비친 조명을 내려다보며 멍하니 상념에 잠겼다.

며칠 전 술자리에서 보았던 누나의 눈물이 떠올랐다. 동생에게도 말 못하고 홀로 얼마나 가슴앓이를 하고 있었던 걸까.

"하 선생님의 존재 자체만으로 아버지를 설득하는 데에 큰 도움이 될 거라고 생각합니다."

재건이 고개를 들었다.

확신하듯 가슴을 한껏 편 규호가 말을 이었다.

"하 선생님은 한국에서 독보적인 입지를 구축한 작가입니다. 전례가 없습니다. 심지어 집안의 도움도 없이 이 모든 부와 명예를 혼자만의 힘으로 성취하셨어요."

규호는 재건이 인사치레를 던질 틈도 주지 않았다.

"재인 씨는 그런 대단한 분의 누나입니다. 보통 집안이 아니고 보통 누나가 아닙니다. 비단 제가 아니더라도 재벌가의 며느릿감으로서 손색이 없습니다. 저 혼자만의 생각이라고 해도 무조건 제 생각이 맞습니다."

흥분한 규호의 목소리가 차츰 높아져 갔다. 핸드폰을 꺼내든 그는 멍청한 여자 전자책을 화면에 띄우며 열성적으로 말을 계속했다.

"저는 지금도 멍청한 여자를 생각날 때마다 읽습니다. 소설 여주인공은 재인 씨 모습 그 자체입니다. 얼마나 현명하고 마음이 올곧은 사람입니까. 이런 사람과 만났다는 자체만으로 제 삶에 더없는 축복이에요. 함께 있기만 해도 저라는 남자를……."

규호가 말하다 말고 목이 메어 말끝을 흐렸다.

재건은 놀라서 상체를 꼿꼿이 세우고 있었다. 상상도 하지 못했던 규호의 언행에 압도된 까닭이다.

"……저라는 남자를 더 나은 사람으로 만들어줍니다."

헐떡이듯 덧붙인 규호가 또 한잔의 차가운 술을 마셨다.

지금 그는 대기업의 후계자가 아니라 사랑에 빠진 한 남자였다. 진솔한 속내를 여과 없이 토해내는 그 모습은 재건의 심금을 깊숙이 울렸다.

"무슨 일이 있더라도 재인 씨와 결혼하고 싶습니다. 이제 재인 씨가 없는 세상은 상상이 안 됩니다."

"흥분 가라앉히시고 천천히 말씀하세요."

항시 완벽하기만 했던 규호가 허물어지고 있다.

하지만 재건은 덕분에 지금껏 깊게 헤아리지 못했던 그의 인간미를 알 것도 같았다. 반가운 일이라고 해야 할지 판단은 안 서는 노릇이지만.

"제 힘이 필요하시다면 당연히 도와드려야죠."

재건이 먹먹해진 가슴으로 웃으면서 술잔을 들었다. 웃지 않을 수가 없었다. 규호가 자신의 누나를 얼마나 사랑하고 있는지 전보다 확연히 깨달았고, 또 그래서 기뻤다.

"너무 걱정하지 마세요. 다 잘될 겁니다. 그리고 고맙습니다. 있는 그대로 전부 말씀해 주셔서요."

"너무 늦게 말씀드려서 죄송할 따름입니다."

서로의 마음과 마음이 이어졌다. 의기투합한 두 남자는 경쾌하게 건배를 나누고 술을 쭉 들이켰다.

그리고 이토록 맛있는 술이었다는 사실을 두 남자 모두 뒤늦게 깨달았다.

"으으, 하 선생님. 2차 갑시다, 2차."

"많이 취하셨습니다. 오늘은 이만 들어가시죠."

혼잡한 도심의 변화가 한가운데.

재건은 비틀거리는 규호를 붙잡고 섰다.

한계 이상으로 술을 마시다 보면 어느 순간부터는 술이 사람을 마시게 된다. 재건이 보기에 지금 규호가 딱 그 모양새였다.

"남 이사님, 택시 잡을게요. 제가 댁에 들어가시는 거 보고 돌아가야겠습니다."

"무슨 말씀이세요, 하 선생님. 저 진짜 안 취했습니다. 멀쩡해요, 끅. 저 선생님 덕분에 정말 오랜만에 즐겁습니다. 이대로 술자리 끝내시면 평생 두고두고 원망할 겁니다."

"아이고……. 큰일이네, 진짜."

규호를 붙잡고 선 재건은 빠르게 머리를 굴렸다.

사람이 취해도 본성은 어디 가지 않는 법이다. 그의 고집을 꺾기가 어려울 것 같으니 차라리 2차를 가는 편이 나을 듯했다.

"남 이사님, 그럼 저희 집으로 가시겠어요?"

"하 선생님 댁이요? 끅."

"여기서 멀지 않으니까요. 저 혼자 사니까 불편하실 부분은 없을 겁니다."

"저야 영광이죠, 끅. 실례가 안 된다면 부탁드립니다."

재건은 즉시 정류장으로 가 택시를 잡았다. 차가 집을 향해 달려가는 내내 규호는 이런저런 말들을 늘어놓았다.

"이제야 말씀드리는 거지만 제가 처음에 하 선생님 뵈었을 땐 좀 많이 당황했었거든요? 사업을 하다 보면 이런저런 사람을 만나게 마련인데, 그래서 어느 정도 데이터가 있는데…… 와하하하! 하 선생님 같은 분은 처음이라 어떤 성격인지 도통 감이 잡히질 않았었다~ 이 말이죠!"

"네네, 그 말씀 아까도 하셨습니다."

"아, 그렇습니까? 제가 오늘 기분이 너무 좋아서…… 와하하하하! 어, 기사님. 운전하시는데 소란 피워서 죄송합니다. 제가 오늘 너무 기분이 좋아서 그렇습니다."

규호가 이번엔 운전기사를 향해 의기양양하게 말을 늘어놓았다.

"제가 사랑하는 여자가 있거든요? 아주 예쁘고 똑똑하고 또 착합니다. 이제 곧 결혼하게 될지도 모르겠습니다."

"아이구, 손님. 정말 축하드립니다."

"그리고 결혼하게 되면…… 꾹, 이분은 아주 유명한 작가 선생님이신데요. 저의 처남님이 되실 겁니다. 그렇죠? 처남님? 으하하하하하하하!"

웃음 끝에 규호가 고개를 옆으로 픽 쓰러뜨렸다.

재건이 재빨리 붙잡아서 그를 바로 눕혔다.

잠시 후 색색이는 숨소리가 들리는가 싶더니 규호는 잠에 빠져들었다.

"운전하시는데 시끄럽게 죄송합니다, 기사님."

상황이 잠잠해지자 재건이 사과했다. 백미러를 통해 재건을 보면서 기사는 싱긋 웃었다.

"아닙니다, 뭐 많이 드신 분치고는 아주 조용하신 축인데요. 근데 혹시…… 하재건 선생님이십니까?"

"아, 네. 맞습니다."

재건의 대답에 기사는 앞니가 드러나도록 웃으며 반가워했다. 그러고는 즉시 라디오 볼륨을 낮추며 신이 나서 말을 늘어놓았다.

"저희 딸이 선생님 완전 팬입니다. 올해 중학교 3학년이 되는데 선생님처럼 유명한 작가가 되겠다고 난리도 아니에요. 죄송하지만 이따 내리시기 전에 저하고 사진 한 번만 찍어주실 수 있을까요?"

"네, 한 장 찍으시죠."

"고맙습니다. 택시에 걸어두고 다니고 싶어서요. 작년에 겨우 마련한 개인택시인데 선생님 파워를 좀 얻을 수 있겠지요? 어허허허."

기사가 너스레를 늘어놓으며 사람 좋게 웃었다. 재건도 웃으며 조명으로 휘감긴 차창 밖의 거리를 바라보았다. 규호의 코 고는 소리는 계속되고 있었다.

이튿날 아침.

"남 이사님 오늘 결근이시라면서?"

"결근이라고? 외근하시느라 안 나오신 게 아니고?"

"오늘 더 브레스 기획 회의 있는 날인데 무슨 외근이야."

"놀랄 노 자다. 천하의 남규호 이사님이 결근을 하실 때가 다 있네."

휴게실에 모인 넥션 기획 팀 직원들이 삼삼오오 쑥덕였다.

화제는 단 한 번도 회사를 빠진 적이 없는 규호의 결근이 었다. 그것도 '더 브레스' 회의가 있는 오늘 말이다.

"이 팀장님, 정말 그냥 아프신 거래요?"

"어? 으응……."

"어제까지만 해도 그렇게 팔팔하셨는데요? 몸살이신가? 대만 다녀오시면서 컨디션이 나빠지신 거예요?"

"그것까지는 나도 잘 모르겠네."

수희는 대답을 얼버무리고 커피 한 모금을 홀짝였다. 조금 전 통화하면서 들은 규호의 메마른 목소리가 여전히 귓가에 맴돌고 있었다.

"더 브레스 회의 진행은 이수희 팀장님께 맡기겠습니다. 애초에 이 팀장님께 맡길 생각이었습니다. 저보다 잘하시잖아요. 그럼 죄송하고 전 조금만 더 쉬겠습니다."

'세상에, 남 이사님이 대체 무슨 일이시지…….'

규호의 결근에 놀란 건 수희도 매한가지였다. 멍하니 생각에 잠겨 있는 사이, 핸드폰이 울리며 재건으로부터 전화가 걸려왔다.

"어, 재건아."

—아직 근무 시작하기 전이지?

"응, 신경 쓰지 말고 말해. 잘 잤어? 어제 나도 피곤해서 메시시만 보내고 깜박 잠들어버렸네."

수희가 휴게실을 벗어나 복도 끝으로 걸으며 말을 이었다.

"안 그래도 답이 없어서 나도 메시지 보내려던 참이었어. 피곤해서 푹 잔 거야?"

—아니, 사실 어제 남 이사님 만났거든.

"뭐……?"

—늦게까지 술 마시다가 우리 집으로 모셔왔어. 아직도 방에서 주무신다.

수희가 입을 떡하니 벌렸다. 규호의 결근은 감기몸살이 아니라 과음 때문이었다는 사실을 비로소 알아차렸다.

—자세한 건 만나면 얘기해 줄게. 아무튼 너 걱정할까 봐 전화했어. 나도 경황이 없다 보니 핸드폰을 못 보고 자버려서.

"으, 응. 알았어. 피곤할 텐데 좀 더 쉬어. 내가 점심 먹을 때 다시 전화할게."

—그래, 수고하고.

전화를 끊고 난 수희는 어이없다는 듯이 피식 웃었다. 재건과 규호의 조합이라니. 나란히 떠올려 놓고 만취하도록 술을 마시는 모습을 생각하자 웃음이 멈추질 않았다.

"이 팀장님, 회의 준비 끝났습니다."

"네, 이제 들어가요."

수희가 회의실을 향해 당찬 걸음을 내디뎠다. '더 브레스' 기획 관련 회의다.

규호의 말이 맞았다. 게임 원작자를 향한 애정만큼 누구보다도 제대로 진행할 자신이 있는 회의였다.

114장
줄 잘 서세요

"유나야, 준비 끝났어? 이제 슬슬 나가야 돼."

"네, 오빠. 이제 신발 신어요!"

유나가 서둘러 신발을 신고 현관을 나섰다. 채린과의 합동 유닛 C.Y로서 부를 노래를 녹음하는 날이다.

연일 빠듯한 일정이었다. 잠도 제대로 자지 못했지만 유나는 전혀 피곤하지 않았다. 거짓말처럼 모든 일이 술술 풀려 가고 있었다. 난생처음으로 보이지도 않는 신에게 감사의 기도까지 올렸다.

드르륵!

매니저의 차에 올라탔을 때 핸드폰이 울렸다. 상대의 이름을 확인한 유나는 즉시 표정이 굳었다. 그러고는 받지 않고 핸드폰을 도로 주머니에 넣었다.

"누구 전환데 그래?"

"아무것도 아니에요. 출발해 주세요, 오빠."

매니저가 액셀을 밟았다. 달리는 차 안에서 거듭 울리는 핸드폰을 유나는 끝끝내 무시했다. 도착지에서 자신을 기다리고 있을 존재는 전혀 생각하지 못한 채로.

"가사 받아 봤지?"

차를 몰면서 매니저가 물었다. 안 그래도 핸드폰을 통해 가사를 재확인하고 있던 유나는 생글거리며 대답했다.

"네, 지금 또 보면서 느낌 잡고 있어요."

"괜찮은 거 같아?"

"아주 맘에 들어요."

"하재건 선생님 가사라 좋은 소리하는 건 아니고?"

장난스런 매니저의 농담이었지만 유나는 발끈해서 고개를 들었다.

"정말 마음에 들어서 하는 얘기예요."

"알았어, 알았어. 정색하는 것 좀 봐."

"오빠도 읽어보셨잖아요? 도시에 사는 사람들 감성을 자연스레 잘 나타냈어요. 그러면서 특별히 어려운 의미의 단어도 없고, 노래할 때 발음이 애매할 부분도 없고. 귀에 쏙쏙 들어오잖아요."

"맞아, 나도 사실 꽤 감탄했어."

신호에 맞춰 핸들을 꺾으며 매니저가 말을 받았다.

"하 선생님이 이름난 작가라고는 해도 작사 경험은 없으시잖아. 심지어 아이돌이 부를 노래라서 가사 걱정 좀 했었거든. 완전히 기우였다."

"이제 남은 문제는 제목인데."

"그러게 말이다. 가사는 이렇게 잘 써주셨으면서 제목만큼은 도저히 자신 없다고 울상을 지으시니 뭐……."

이윽고 차가 스튜디오에 도착했다.

차에서 내린 유나와 매니저는 입구로 가던 걸음을 도중에 멈춰 세워야 했다. 예상치 못한 불청객이 앞길을 가로막고 서 있었던 것이다.

"……안녕, 유나 언니."

보라가 눈을 마주치지도 못하고 어정쩡하게 인사를 건넸다. 매서운 추위 때문에 목소리가 다 죽어가는 사람 같았다. 얼어붙은 몸도 오들오들 떨어대고 있었다.

"여긴 무슨 일이야?"

매니저가 딱딱한 표정으로 한발 먼저 나섰다.

유나가 속한 하이퍼소다를 맡기 전 자신이 돌봤던 연예인이다. 평생 겪을 스트레스를 보라라는 여자 한 사람을 통해 죄다 겪은 그였다. 오죽하면 머리카락은 물론이고 코털까지

하얗게 셌었을까.

"이 스튜디오에 볼일이 있을 것 같진 않고. 혹시 유나 만나러 온 거면 그냥 돌아가지? 우리 오늘도 몹시 바쁘거든."

"잠깐이면 되는데……."

"그러니까 그 잠깐도 안 된다고."

"유나 언니, 10분만. 응? 5분도 안 될까?"

보라는 매니저가 아닌 유나를 보면서 거듭 청했다. 곱은 두 손을 모아 문지르는 모습이 마치 잘못을 비는 것처럼 보였다.

유나가 한숨을 훅 내쉬며 고개를 끄덕였다.

기왕 마주쳤으니 무슨 얘기를 하건 이 자리에서 끝내는 편이 좋을 듯했다.

"10분이면 된다는 거지?"

"고마워, 언니."

보라가 즉시 반색을 했다. 매니저는 어이없는 표정으로 유나를 돌아보았다.

"유나야, 그냥 바로 들어가자니까."

"10분 정도만 부탁드려요, 오빠. 빨리 얘기 끝내고 들어갈게요."

"아, 진짜…… 뭐하러 상대하려는 건데? 알았어, 들어가서 얘기해 둘 테니까 금방 끝내고 들어와."

"고맙습니다."

별수 없이 매니저는 한발 먼저 스튜디오로 향했다. 보라를 스쳐 갈 때 곁눈으로 한 차례 노려보는 일도 잊지 않았다.

"많이 컸네."

매니저가 사라지고 난 직후.

보라는 본성을 감추지 못하고 표독스럽게 중얼거렸다.

"내 앞에서 고개도 제대로 못 들던 주제에."

"할 말이 뭐야?"

유나가 짜증스러운 어투로 재촉했다.

역시 보라는 조금도 변하지 않았다. 전에 없이 초췌해진 모습에 잠시나마 동정심을 느꼈던 스스로가 한심했다.

"빨리 말해. 나 진짜로 10분 이상 얘기하기 힘들어."

"언니……."

보라가 입술을 달싹이며 한 걸음 가까이 다가섰다.

"언니한테 조금 짓궂게 굴었던 거 알아. 내가 워낙 신경이 예민하잖아. 그래서 본의 아니게……."

"있잖아, 보라야."

유나가 노골적으로 미간을 구기며 말을 끊었다.

"시간 빠듯하다고 말했잖아. 옛날얘기는 그쯤하고 본론으로 들어가자."

"아, 알았어……. 그래, 본론…… 본론으로 들어갈게."

보라가 고개를 떨어뜨렸다. 모은 두 손을 꼼지락거리며 얼마간 망설인 끝에 아스팔트 바닥에 대고 말을 이었다.

"돈 좀 빌려줘, 언니……."

질끈 감은 두 눈을 뜰 수가 없는 보라였다. 체면이고 자존심이고 죄다 버리고 가까스로 내뱉은 말이다. 불과 한 달 전까지만 해도 이렇게 유나를 찾아와 읍소하게 될 날이 오리라고는 상상치도 못했었다.

"급하게 막을 데가 많은데 여유가 하나도 없어. 여기저기 다 빌리고 이제 남은 사람이 언니뿐이야. 사람 목숨 구해준다고 치고 나 좀 도와줘."

"……얼마나 필요한데?"

유나는 오래 고민하지 않고 되물었다. 보라의 행동이야 어쨌건 자신도 과거 보라를 통해 금전적으로 도움을 받았다. 적어도 그만큼은 도의적으로 도와줄 용의가 있었다.

"네가 나 도와줬던 것도 사실이니까. 얼마면 되겠어?"

"한 세 장만……."

"세 장? 3,000만 원?"

"아니…… 3억."

고개를 든 보라가 어색한 웃음을 빼물며 대꾸했다. 유나의 양쪽 눈가에는 파르르 경련이 일고 있었다.

"조금 당황스럽다, 보라야. 나한테 그런 큰돈이 있을 거라고 생각하는 거야?"

"언니 요즘 잘나가잖아."

"넌 연예인이면서 그런 소릴 해? 내가 CF를 찍은 게 있니. 행사를 뛰었니. 이제 활동량 늘려가고 있는 참인데 3억씩이나 되는 큰돈을 무슨 수로 벌었겠어?"

"회사에다 좀 땡겨 달라고 부탁해 보면 안 돼?"

이제는 헛웃음조차 나오지 않는 유나였다. 이렇게까지 염치없는 부탁을 할 수 있는 것도 어떻게 보면 능력일까.

"어, 그렇게는 못 하겠어."

유나가 단호하게 자신의 입장을 밝혔다.

"미안하다, 보라야. 네가 말하는 액수 10분의 1은 도와줄 수 있을 것 같아. 하지만 그 이상은 어렵겠어."

"언니, 나 정말 지금 완전히 막다른 길에 몰렸다니까."

보라는 당장에라도 울음을 터뜨릴 것 같은 얼굴이었다.

"뉴스 봤지? 나 윤미지 그년 합의금도 줘야 하고, 진짜 사방에서 계속 찔러대. 나 지금 오피스텔서 쫓겨나고 어디 살고 있는지 알아? 빌라에서 지내. 사는 꼴이 말이 아니란 말야."

"빌라가 뭐가 어떻다는 거야?"

"언니가 직접 와서 보든가! 꼴랑 20평에 코딱지만 한 방 두 개라 내 짐만 들여놓기도 벅차다구. 박스 사이에 끼겨서 자면서 요즘 맨날 울어. 언니, 나 진짜 너무 힘들어……!"

기어이 보라가 두 손바닥에 얼굴을 묻고 흐느꼈다. 그녀의 슬픔은 조금도 유나의 공감을 이끌어 내지 못했다. 하이퍼소다 전원이 함께 지내온 숙소가 20평이 채 되지 않았다.

"아무튼 나는 정말 그렇게 큰돈 없어."

"언니, 제발……."

"애원해도 소용없어. 없는 돈을 어떻게 빌려주니? 3,000만 원이라도 필요하면 톡해. 전화는 하지 말고."

말을 마친 유나가 돌아섰다.

보라는 젖은 얼굴로 그녀의 뒤를 다급히 쫓았다.

"언니, 이러지 마. 유나 언니. 어디 가. 나랑 얘기 좀 더 해. 응?"

"더 할 얘기 없어. 난 해줄 만큼 해주는 거고."

유나는 스튜디오 문을 힘껏 밀어젖혔다. 보라가 문턱을 넘어 건물 안까지 쫓아오며 거듭 애원했지만 들은 척도 하지 않았다. 그저 담담하게 엘리베이터 버튼을 눌렀을 뿐이다.

기어코 엘리베이터 문이 열리기 직전.

"계속 이딴 식으로 나오면 나 진짜 언니 그거 터뜨릴 거야!"

별안간 보라가 두 눈을 부릅뜨더니 앙칼지게 외쳤다.

유나는 일순 흠칫했지만 그것도 잠시뿐, 이내 피식 웃으며 고개를 끄덕였다. 더는 보라의 치졸한 협박이 무섭지 않았다.

"그 치졸한 심성 언제 튀어나오나 기다리고 있었어. 네 마음대로 해."

연습생 시절 사귀었던 성제와의 관계는 부끄러운 기억이 아니다. 용기를 가지고 떳떳하게 대응하면 된다. 재건을 만나면서 유나는 이런 점을 똑똑히 배웠다.

"어, 언니……!"

유나가 조금도 반응하지 않자 당황한 건 보라였다.

"어, 언니! 내가 지금 실수했어……! 나도 모르게 울컥해서 마음에도 없는 말이 나온 거야……! 믿어줘! 진짜 내 본심 아니야……!"

"그랬구나. 그래, 믿어."

유나가 싱긋 웃으며 엘리베이터 안으로 몸을 실었다.

등 뒤에서 보라가 영혼 없는 변명을 연신 지껄이고 있었지만 말끔히 무시했다. 곧이어 문이 닫혔고 비로소 유나는 해방감을 느낄 수 있었다.

"어? 채린 언니."

3층에 도착해서 열린 엘리베이터 문 앞에 채린이 서 있었다.

"왜 나와 계셨어요?"

"너무 오래 걸리는 거 같아서 걱정돼 가지고. 보라는?"

"지금 얘기 끝내고 올라온 거예요."

"그렇구나, 그래…… 들어가자."

채린이 유나의 손을 꼭 붙잡았다.

따스한 손에 이끌려 복도를 가로지르면서 유나는 넌지시

물었다.

"무슨 얘기했는지 안 물어보시네요."

"프라이버시는 지켜줘야지. 얘기해도 될 만한 거면 내가 안 물어봐도 네가 먼저 말해줄 거고."

사무실에 들어서니 성범도 와 있었다. 취재에 쓰일 문답을 정리하던 그가 노트북에서 손을 떼고 일어섰다.

"어서 와요, 유나 씨. 보라 씨는 갔습니까?"

"현 기자님도 똑같은 걸 물어보시네요."

"채보라 왔다는 얘기 듣고 여기 콕 박혀 있었잖아요. 길에서라도 우연히 마주칠까 봐 무섭거든요. 뭔 짓을 당할지 모르니까."

"근데 현 기자님, 정말 요즘 괜찮으신 거예요? 정말 회사에서 아무 말 없어요?"

채린이 걱정스럽게 물었다.

보라 스폰서 사건을 터뜨린 일로 해고될 상황까지 각오했던 성범이다. 그후 꽤나 시간이 흘렀지만 여전히 예전과 똑같이 기자 생활을 하고 있는 것이다.

"그렇다니까요. 사무실 제 자리 그대로고 수당도 제대로 나오니까 걱정은 그만하세요."

성범이 수염으로 까칠해진 제 턱 밑을 쓰다듬며 중얼거리듯 덧붙였다.

"이거 아무래도…… 내 목이 달아나지 않을 걸 보면 단순 루머에서 팩트로 진화할 조짐이 보이는데."

"루머에서 팩트요? 그건 또 무슨 말씀이세요?"

"별거 아닙니다. 뭐 제 추측이 맞다면 조만간 재밌는 사건 또 하나 더 터지겠죠. 하하하."

성범이 커다란 웃음을 터뜨리며 자신의 추측을 끝맺었다.

채린과 유나는 서로의 아리송한 얼굴을 쳐다보며 고개를 갸웃거릴 뿐이었다.

BIG LIFE

"네, 실장님. 대림 상가 도착하셨다고요? 네, 말씀드렸던 대로 구입해 주세요. 아니요, 집이 아니라 회사 휴게실에 놓을 겁니다. 말해놨으니 그대로 가져가시면 될 겁니다. 네, 부탁드립니다."

전화를 끊은 규호는 또 한 번 뜨거운 숨을 터뜨렸다.

재건의 집에서 나와 택시를 타고 돌아가는 길이었다. 지금 막 부하 직원을 시켜 업소용 오락기기도 두 대 구입했다.

'노량진의 게임킹이었다느니 괜한 소릴 했어……!'

승부욕이 강한 규호는 어쩔 수 없이 이가 갈렸다. 재건의 지하 휴게실에서 대전 게임을 했다가 무자비하게 짓밟혔다.

10판을 넘게 했는데 단 한 번을 이기지 못했다.

'명색이 게임 회사 이사가 이런 수모를……. 두고 보자.'

투지를 불태우던 와중에 문득 입가에 웃음이 이는 규호였다.

단순히 노느라 게임을 했던 것이 아니었다. 이기는 쪽의 부탁을 들어주기로 한 내기였다.

"올해 안에 저희 누나 데려가 주세요. 누나가 저보다 먼저 결혼했으면 좋겠어요. 이게 제 부탁입니다."

수줍은 듯 말하던 재건의 모습이 여전히 눈앞에 생생했다. 그 모습을 떠올리며 규호는 고개를 끄덕였다. 재건의 앞에서 그랬듯이.

"여기서 세워주세요. 잔돈 안 주셔도 됩니다."

"고맙습니다. 안녕히 가세요."

인사하는 기사는 으리으리한 저택에서 눈을 떼지 못하고 있었다.

규호가 초인종을 누르자 금세 문이 열렸다. 정원을 가로질러 집 안에 들어서는 그를 배 실장이 나와 반겨주었다.

"이제 오십니까, 이사님."

"안녕하세요. 배 실장님이 어쩐 일로……?"

"그게 저, 회장님께서 많이 침울해하십니다."

배 실장이 서재 쪽을 힐끗 돌아보며 낮은 음성으로 대답했다.

규호는 입을 꾹 다문 채 외투를 벗으며 거실로 올라섰다.

"서재에 계신 거죠?"

"네, 이사님 오시기를 기다리고 계셨습니다."

"알겠습니다. 제가 들어가 볼게요."

서재로 간 규호가 문을 똑똑 두드렸다. 아버지의 메마른 목소리가 돌아오자마자 그는 문을 살며시 열어젖혔다.

"저 왔어요, 아버지."

"회사 결근했다면서?"

"네, 사정이 좀 있어서……."

등을 보이고 앉아 있던 규백이 의자째로 몸을 돌렸다.

"그 남규호 이사가 사정이 있어서 결근을 했다고? 애비로서 그 사정이란 게 뭔지 궁금할 수밖에 없지 않겠냐?"

"잡념이 많아서 과음을 좀 해버렸습니다."

규호가 답답한 넥타이를 풀며 짤막하게 답했다. 재건을 만났다는 말은 이 자리에서 할 필요가 없다는 생각이었다.

"배 실장이 그러던데, 저 기다리셨다고요? 하실 말씀이라도 있으세요?"

"규호야."

규백이 느릿하게 의자에서 일어섰다. 뒷짐을 진 채 창가로

가 서서는 어둔 정원에 대고 말을 이었다.

"네 어머니는 네가 중학생이 되기까지 널 어려워했었다."

"……."

"자기 배 아파서 낳은 아들인데도 그랬다. 평범한 집안에서 태어나 내게 시집 와서 겪은 수많은 고통…… 그중에는 이런 일도 있을 수 있는 거다."

규호는 아버지가 왜 이런 말을 꺼냈는지 이미 알아차렸다. 앞으로의 인생을 감당할 수 있겠냐고 물어보고 있는 것이다. 따라서 그의 대답은 오래 걸리지 않았다.

"저는 그럴 일 없을 겁니다."

"그러냐……."

"아버지, 저는 진심으로 재인 씨를……."

규호는 말을 이을 수 없었다. 돌아선 규백이 쓴웃음으로 고개를 가로저어 보이고 있었다.

"그만 가서 쉬어라."

아버지의 이 말 역시 아들은 금세 알아들었다. 생각할 시간이 필요하다는 뜻이다.

"아버지도 일찍 쉬세요."

대화의 여지를 만들어준 아버지가 고마우면서도 가슴이 시큰거려 서 있기가 힘들어졌다. 뜨거워진 눈시울을 감추기 위해서 규호는 즉시 돌아서야만 했다.

"……지금 이곳은 마켓 플레이스 출간 기념 사인회가 열리고 있는 구로의 한 대형 서점입니다. 제 뒤로 이 수많은 인파가 보이십니까? 이 많은 분이 전부 하재건 작가의 독자라고 합니다."

카메라 앞에 선 여성 취재 기자는 생방송으로 현장을 중계하고 있었다. 그녀가 말한 그대로 사인을 받으러 찾아온 독자들의 행렬은 그 끝이 보이지 않을 만큼 길었다.

"마켓 플레이스는 출간 전 사전 예약에서도 20만 부라는 어마어마한 부수를 소화했는데요. 하재건 작가의 신작을 향한 독자들의 강렬한 기대가 도처에서 물씬 느껴집니다. 자, 이제 조금 더 현장 안으로 들어가 보겠습니다."

카메라가 걸음을 옮기기 시작한 기자를 바싹 따라붙었다.

다급한 걸음 속에서 화면이 조금 흔들렸다. 흔들리는 화면 끝자락으로 정장을 입은 남자 몇 명의 모습이 비춰졌다.

"구청장님, 이쪽입니다. 사람이 많아서 답답하시죠?"

"아닙니다, 민생을 둘러보는데 사람이 많아서 답답하다니요. 그런 생각을 해서도 안 되고 입 밖으로 드러내서도 안 되지요."

일부러 평소보다 큰 목소리로 대답하는 구청장이었다.

주변에서 알아봐 주고 들어주기를 기대한 까닭이다. 하지만 눈길을 주는 사람은 어디에도 보이지 않았다.

'줄이 엄청나게 기네. 이런 사인회는 난생 처음 보는군.'

구청장은 점잖게 품위를 유지하는 겉모습과 달리 속으로는 혀를 내둘렀다. 재건이 지역구 내에서 사인회를 개최한다는 소식을 듣고 찾아온 참이다.

좋은 사진을 남겨줄 지역신문사 기자도 대동했다. 손에는 아직 펼쳐 보지도 못한 '마켓 플레이스' 한 권이 들려져 있었다.

"아, 저쪽입니다. 구청장님."

총무과 과장이 테이블에 앉은 재건 쪽을 가리키며 일러주었다. 재건은 웃는 낯으로 독자들과 인사를 나누며 부지런히 사인을 해주고 있었다.

"자, 그럼 인사나 드리러 가 볼까요?"

구청장이 기자와 부하 직원들을 돌아보며 말했다. 준비하라는 신호라는 걸 모를 리 없는 모두가 고개를 힘차게 끄덕였다.

"어이쿠, 하 선생님. 오늘도 다망하십니다. 하하하."

길게 이어진 줄을 지나 테이블 옆으로 온 구청장이 인사를 건넸다.

재건은 그쪽으로 고개를 돌리면서도 여전히 손만은 멈추지 않고 있었다.

"안녕하십니까, 저 양범식입니다. 선생님이 저희 지역구 내에서 사인회를 개최하신다는 소식을 우연히 듣고 지나가던 길에 인사 좀 드리러 왔습니다."

"네, 고맙습니다."

대꾸하는 재건의 목소리에는 영혼이 없었다. 실제로 고마운 마음이 전혀 없었다.

그의 마음에 아랑곳없이 구청장은 계속해서 말을 이었다.

"이렇게 한국의 문화 콘텐츠 발전에 기여해 주시는 선생님이 저희 지역구 내에 계셔 주셔서 어찌나 기쁜지요. 하하, 이거 저도 사인 하나 부탁드립니다."

구청장이 '마켓 플레이스'를 테이블 위에 내려놓았다. 등 뒤의 지역신문사 기자는 카메라를 들고 사진을 찍을 준비를 마친 상태였다.

바로 그때.

"줄 서세요, 구청장님."

"……네?"

구청장이 웃는 낯 그대로 굳었다.

재건은 담담한 표정으로 길게 이어진 줄 너머를 가리키고 있었다.

"사인 받으시려면 뒤로 가셔서 줄 서셔야 합니다."

"아……."

찰칵! 찰칵! 찰칵!

사방을 둘러싼 기자들이 연신 카메라 셔터를 눌러댔다. 터지는 플래시 속에서 구청장을 따라온 지역신문 기자도 얼떨결에 사진을 찍었다.

당황해서 얼이 빠진 구청장의 얼굴이 사진 속으로 고스란히 담기고 있었다.

"아, 아하하. 네, 물론 저도 줄을 서야지요. 지금 건 그저 인사를 드리려던 거뿐이고……."

구청장이 주변을 두리번거리며 허둥댔다. 입가에는 무안함을 감추기 위한 어색한 웃음을 빼물고서. 관자놀이에서는 한 줄기 땀방울이 삐질 흘러내리고 있었다.

"그럼 어디 보자, 줄이…… 저기로 가 서면 되나?"

"그, 그런 거 같습니다. 구청장님, 이쪽으로 가시죠."

동행한 공무원들은 아예 웃지도 못하고 사색이 되었다. 졸지에 망신을 당한 구청장은 그들과 함께 도망치듯 줄 끝으로 멀어져 갔다.

재건은 태연하게 하던 사인을 끝마쳤다. 고개를 들었을 때 그는 앞에 선 독자의 넋이 나간 표정을 볼 수 있었다.

"여기 있습니다."

"아, 아아…… 네."

독자가 황망히 책을 받아 들었다.

재건의 단호한 일면을 목격하고 그 기세에 눌렸다고 해야 할까. 지금껏 TV를 통해 차분하고 부드러운 모습만 보아왔기에 놀라움은 상대적으로 더했다.

"고, 고맙습니다. 잘 읽을게요, 작가님."

"저도 고맙습니다. 안녕히 가세요."

인사하는 재건의 얼굴은 어느새 해맑게 웃고 있었다.

사인회 진행을 돕느라 곁을 지키고 있던 서점 관계자는 등골에 오한이 일었다. 차분한 얼굴로 조곤조곤 말하는 모습이 이토록 무서울 수가.

"안녕하세요, 하재건 작가님. 저는 사인도 해주시고 사진도 찍어주세요."

"네, 그럴게요. 책 이리 주세요."

쉴 새 없이 밀려드는 독자들 앞에서 재건의 손은 멈출 틈이 없었다.

계속되는 사인으로 금세 손목이 욱신거리기 시작했다. 하지만 이러한 고통마저 그에게는 기쁨이었다.

"죄송합니다, 여러분. 시간 관계상 여기서부터는 줄을 차단하겠습니다. 더 이상 줄을 서지 말아주십시오. 다시 한번 말씀드립니다. 시간 관계상……."

다시 시간이 흘러 서점 관계자들이 줄을 끊으려고 나섰다.

밑도 끝도 없이 이어지는 줄을 방치하면 재건이 자정까지 사인을 해줘도 부족할 터였다. 일찍 줄을 서지 못한 독자들은 한껏 투덜거리며 아쉬움을 감추지 못했다.

"하 선생님, 이제 1시간 정도만 더 부탁드리겠습니다. 시원한 생수 좀 더 갖다 드릴까요?"

"괜찮습니다. 이 물도 아직 시원해요."

재건이 물 한 모금으로 마른 목을 축이고는 손에 펜을 잡았다.

바로 다음 순간 그의 눈앞으로 몹시 낯익은 두 여자가 나타났다.

"우리 재건 오빠 많이 힘들겠다."

"이채린……? 유나 씨도 같이 왔네?"

생글거리며 웃는 두 여자는 채린과 유나였다. 두 사람 모두 손에 '마켓 플레이스'를 한 권씩 들고 있었다.

"헤헤, 오늘은 독자로서 왔지요. 얼른 사인해 주세요."

"고마워. 녹음하느라 바쁠 텐데."

"사인 받으러 오지도 못할 만큼 빠듯하지는 않아요."

"우리 오빠 사인 받으려고 줄 서 있다가 여기서 만난 팬분들한테 사인 100장은 해준 것 같아요."

"그래, C.Y 대박 날 거야. 와줘서 정말 고맙다. 유나 씨도 고마워요."

채린과 유나의 등장으로 주변에서 카메라 셔터를 누르는 빈도가 대폭 상승했다.

각각 애플티와 하이퍼소다의 멤버로서 왕성하게 활동하고

있는 아이돌 스타가 아닌가.

두 사람이 C.Y란 이름으로 팀을 구성했고 재건이 작사한 곡을 노래하게 된다는 것도 이미 방송을 탄 시점이다. 그들이 사인을 받으러 이 자리에 온 모습은 기자들에게 더할 나위 없이 좋은 기삿거리였다.

"여기서 더 얘기하면 오빠한테 방해되겠다. 우리 오늘은 이만 가 볼게요. 조만간 녹음 끝내고 뵈어요, 오빠."

"그래, 조심해서 가. 유나 씨도 잘 가요."

채린과 유나가 돌아간 뒤에도 한참이 지나서야 사인이 끝났다.

뻐근한 손목을 주무르며 일어선 재건은 문득 구청장과 공무원들이 다시 나타나지 않았음을 상기했다.

그냥 돌아간 것일까, 아니면 줄이 끊긴 걸까.

어느 쪽이든 딱히 중요한 사항은 아니었다.

"하 선생님, 이제 인터뷰 장소로 가셔야죠?"

"아, 네."

사인회로 일정의 끝이 아니었다.

재건은 담당자를 따라 서점에서 마련해 준 사무실로 향했다. MBS 측에서 나온 기자와 주간경향의 성범이 그곳에서 기다리고 있었다. 성범까지 동석할 수 있었던 것은 재건의 배려 덕택이었다.

"우선 시청자 여러분께 마켓 플레이스 출간 소감 및 인사 한 말씀 부탁드립니다."

"안녕하세요, 작가 하재건입니다. 마켓 플레이스는 하나의 시장을 배경으로 한 단편집인데요. 각 단편을 통해 이 시장에서 살아가는 여러 인물의 삶을 그리고 있습니다. 부디 즐겁게 읽어주셨으면 하는 바람입니다."

'마켓 플레이스'에 관한 여러 문답이 오갔다.

재건은 편안하게 취재에 임했고 말미에 한마디 덧붙였다.

"마켓 플레이스를 쓰게 된 경위가 사회적 약자들에 대한 생각 때문이었습니다. 당시 그럴 만한 일도 실제로 조금 겪었고…… 그래서 마켓 플레이스의 수익을 어떻게 하면 좋은 곳에 활용할 수 있을까, 그런 생각을 아직도 하고 있습니다."

"좋은 곳에 활용이라면 구체적으로 어떤 것을 말씀하시는 겁니까? 예를 들면 기부를 하신다거나 그런 말씀이신가요?"

"기부도 하나의 방법이 될 수 있겠지요. 그밖에도 재단을 만든다거나 아무튼 아직까지 고민하고 있습니다. 여기에 대한 것은 좀 더 생각이 명확해지면 다시 말씀을 드리겠습니다."

재건이 MBS 기자를 상대하는 동안 성범은 부지런히 노트북을 두드리며 기사를 작성했다. 따지자면 특별 초대권을 받아 여기 온 입장이기에 나서서 질문하기가 애매했다.

"이번엔 사인회 현장에서 있었던 일들에 대해 몇 가지를 여쬐보겠습니다. 애플티의 채린 씨와 하이퍼소다의 유나 씨가 사인을 받으러 오셨어요. 벌써부터 SNS상에서 화제거든요?"

"역시 인터넷은 확산이 빠른 것 같습니다."

"그러게요. 아무튼 하재건 작가님께서 채린 씨와 절친하다는 사실은 그간 여러 매체를 통해 대중에게도 익히 알려진 사실인데요. 유나 씨와는 어떻게 친해지신 건가요?"

"나 혼자 살아서 나왔던 얘기가 사실입니다. 실제로 채린 씨와 유나 씨가 연습생 시절부터 알고 지낸 사이였어요. 그리고 두 사람 모두 책읽기를 좋아하고…….

"특히 하재건 작가님의 책을 말이죠?"

"하하하……. 이런 질문을 받았을 땐 뭐라고 대답해야 할지 조금 난감합니다."

"농담이었구요. 이제 채린 씨와 유나 씨가 C.Y라는 이름의 듀오로 활동을 시작하시잖아요? 이 C.Y가 부르게 될 노래의 가사도 하 선생님이 써주셨다고요?"

"네, 그런 제의가 소속사 쪽에서 들어왔고…… 작사라는 분야는 저도 처음이어서 도전하는 마음도 있었고요. 쉽고 간결한 노랫말을 적어야 한다는 것이 쉽지 않은 일이었지만 다 끝내고 돌아보면 즐거운 작업이었습니다."

"사실 하 작가님을 취재하러 이곳에 오기 전에 C.Y 소속사 담당자를 통해서도 이야기를 조금 들었습니다. 도시 특유의 감성을 담아낸 가사라고요. 그런데, 아직 제목이 정해지지 않아서 고심이라는데, 이건 또 무슨 일인가요?"

"제가 제목을 짓는 소질이 영 없습니다. 벌써 이 얘기도 그간 여러 자리에서 몇 번 했던 것 같습니다만, 이번에도 역시 재능이 부족해서 가사는 다 써놓고 제목을 못 지었어요."

가벼운 웃음이 사무실 내를 울렸다.

바로 그때, 문이 살며시 열리면서 MBS의 배태곤 CP가 사무실로 들어왔다. 그는 시선이 마주친 기자에게 눈짓으로 계속하란 신호를 보내고는 조용히 구석 의자에 앉았다.

"고생하셨습니다, 하 작가님. 인터뷰는 이쯤에서 마치겠습니다."

이윽고 취재가 끝났다.

끝나기를 기다리고 있던 배 CP가 슬그머니 일어나 재건에게로 다가왔다. 카메라맨과 기자가 그에게 인사하면서 뒤로 물러나 주었다.

"아이고, 하 선생님. 간만에 뵙습니다."

"어? 안녕하세요, CP님. 언제 오신 거예요?"

웃는 낯으로 배 CP를 반기는 재건은 내심 울상이었다. '마켓 플레이스'를 드라마로 만들자는 얘기를 하러 온 것이 분명하니까. 서른 살이 된 올 한 해도 작년처럼 정신없이 흘러갈 조짐이 벌써부터 역력했다.

115장
무릎 꿇지 말라니까

['사인 받으시려면 줄 서세요.', 구청장 상대로 일침 날린 하재건 작가 SNS에서 화제]

[하재건 신작 '마켓 플레이스', 출간 일주일 만에 베스트셀러 1위 점령, 100만 부 판매는 이번에도 당연한 수순?]

['마켓 플레이스' 수록작 또 한 번 드라마로? MBS 관계자 '아직 하재건 작가와 논의하고 있는 단계']

[노래방 도우미의 애틋한 삶을 그린 '질풍노도', 시사회 통해서 드디어 공개 임박]

[애플티 채린과 하이퍼소다 유나 합동 유닛 C.Y, 하재건이 작사한 '수도감성' 음원 내일 정오를 기해 공개]

추운 겨울이 지나고 꽃피는 3월이 돌아왔다.

더불어 그간 오랜 작업을 거친 재건의 작품들이 도처에서 뚜렷하게 형태를 드러내기 시작했다. 신작 소설, 드라마와 영화, 그리고 아이돌 가수가 부를 노래에 이르기까지 모든 것이 재건 그 자체였다.

–인터넷 어딜 봐도 온통 네 얘기뿐이구나, 재건아. 마켓 플레이스 잘 읽었다. 이번에도 우리 귀여운 제자는 날 실망 시키지 않았어.

"교수님께서 이렇게 말씀해 주시니 완전히 안도했습니다. 새 학기라서 요즘 많이 바쁘시죠? 조만간 식사 한번 사드리고 싶습니다, 교수님."

–그러자꾸나. 우리 맛있는 거 먹으러 가자. 난 아무 때고 괜찮으니 하루 전날에만 전화 주렴. 아, 수희는 잘 지내니?

"네, 수희도 잘 지내고 있어요. 여전히 일벌레지만요."

한혜선과 통화하는 내내 웃음이 그치지 않는 재건이었다. 작가로서 살아가는 데에 누구보다도 큰 도움을 준 은인이다. 수희와 결혼할 때 주례사도 혜선에게 부탁할 작정이었다.

"그럼 다시 전화드리겠습니다. 네, 교수님도 식사 맛있게 드시고요. 네, 교수님. 즐거운 하루 되세요."

전화를 끊고 난 재건은 나갈 채비를 서둘렀다.

오늘은 영화 '질풍노도'의 제작자 관련 시사회가 열리는 날이었다.

'잘 만들어졌을 거야.'

감독과 두 주연 배우를 향한 신뢰가 있기에 별다른 걱정은 없었지만 그래도 가슴이 두근거리는 건 어쩔 수가 없었다.

재건은 리카와 눈솔에게 인사하고 홀로 집을 나섰다.

BIG LIFE

시사회장에 도착하니 대부분의 사람은 거의 다 와 있었다.

재건은 도준과 그의 매니저 태봉을 발견하고 그리로 잰걸음을 옮겼다.

"도준아. 태봉이 형, 안녕하세요."

"왜 이렇게 늦게 왔어?"

"늦게 오긴, 아직 20분 전인데?"

도준의 표정에 긴장한 기색이 역력했다. 심상치 않은 느낌이 든 재건이 넌지시 물었다.

"얼굴이 안 좋다. 무슨 일 있어?"

"재건아, 저기 봐봐. 저 뿔테 안경 쓴 사람 보여?"

도준이 목소리를 낮추고 속삭였다.

그가 가리킨 쪽으로 시선을 향한 재건은 두 눈을 가늘게 떴다. 뿔테 안경을 쓴 이지적인 인상의 중년 남자가 홀로 서서 핸드폰을 들여다보고 있었다.

"저 사람이 누군데?"

"박팽식."

"박팽식? 아, 영화 평론가?"

"보기만 해도 가슴 쫄리지 않냐? 나 심장 터질 거 같다."

재건이 피식 웃음을 터뜨렸다.

그도 그럴 것이 박팽식 평론가는 영화에 대한 점수가 박하기로 정평이 난 사람이었다. 그 때문에 대중의 호불호도 극심하게 갈리는 편이었다.

"뭘 그렇게 걱정해. 박팽식 평론가 윤 감독님한테도 호의적이었잖아. 전에도 좋은 평가 해주시지 않았어? 충무로에 윤태성의 이름 세 글자가 아로새겨졌다고."

"예전 평가가 좋았다고 이번에도 좋으리란 보장은 없지. 아, 긴장돼서 죽겠네."

뒤이어 감독 태성과 편집감독 석지, 그리고 예슬 등등 눈에 익은 사람이 차례대로 나타났다.

재건은 모두와 인사를 나누고 시간에 맞춰 시사회장 안으로 들어섰다.

'하필 또 옆자리네……'

자리에 앉고 보니 바로 좌측에 팽식이 앉아 있었다.

일이 이렇게 되자 도준에 이어 재건마저 긴장하는 단계에 이르렀다. 팽식과 가까운 자리로 배정된 것이 무언가 일이 벌어지리라는 징조처럼 느껴지는 것이었다.

"야, 재건아. 나 아무래도 느낌이 이상해."

"호들갑 좀 그만 떨어."

이윽고 장내의 불이 꺼지면서 상영이 시작되었다.

재건은 곁눈으로 팽식의 얼굴을 슬쩍 살폈다. 감정을 읽어낼 수 없을 만큼 무표정했다. 싸늘하기까지 한 두 눈은 스크린에 고정된 채 움직일 줄을 모르고 있었다.

'집중하자, 집중.'

재건은 팽식으로부터 관심을 거두고 영화에 시선을 모았다.

힘겨운 사회생활에 찌든 직장인 도준이 밤거리에서 토악질을 하는 모습이 비치고 있었다.

재건은 금세 현실을 잊고 영화 속의 세계로 빠져들었다.

30분이 지나고 다시 1시간이 지났다.

이야기가 중반을 지나 절정에 다다를 즈음 재건은 울고 있었다. 그래서 그는 미처 보지 못했다. 철갑을 두른 얼굴로 유명한 옆자리의 팽식도 남몰래 한 방울의 눈물을 떨어뜨리고 있었다는 사실을.

'와…… 이건 정말……!'

재건은 벅차오르는 가슴을 쥐어뜯고 싶은 심정이었다.

화면 속에는 도준과 예슬이 마주 서 있었다. 한 걸음, 한 걸음씩 두 사람의 간격이 좁혀지고 있었다. 기어코 떨리는 입술과 입술이 허공 한가운데에서 맞닿았다. 서로의 애정을 확인한 남녀의 격정이 폭발하는 순간이었다.

'이 느낌을 뭐라고 표현해야 하지…….'

'질풍노도'의 세계 속에 단 두 사람만이 남아 있었다.

휘황찬란한 불빛이 쏟아지는 밤거리를 도준과 예슬이 완전히 장악했다.

그 누구의 시선도 신경 쓰지 않는다. 오늘이 세상의 끝인 것처럼 입을 맞추며 서로의 숨결을 삼킨다.

흐느끼는 동시에 무거운 세상 앞에서 버티고 선 두 사람.

재건의 양쪽 눈에서 더욱 굵직한 눈물이 중력을 이기지 못하고 흘러내렸다.

감격을 주체할 수 없었다. 단연코 자신의 작품으로 지금까지 만들어진 영화들 중 최고였다.

'아, 큰일이다……. 휴지.'

재건이 젖은 얼굴로 훌쩍이며 뒷주머니를 더듬었다.

엉덩이를 살짝 드느라 몸을 틀었을 때 재건은 보았다. 안경알 틈으로 휴지를 밀어 넣고 두 눈을 닦는 팽식의 모습을.

그래서 아이러니하게도 웃음이 나오고 말았다. 대박의 징조 앞에서 어찌 웃지 않을 수가 있으랴.

"영화 너무 잘 만들어주셨어요. 편집실에서 편집 과정 안 보기를 백번 잘했습니다."

상영이 끝나고 난 직후.

재건은 감독 태성을 비롯한 사람들을 앞에 세워두고 극찬을 해댔다. 아직 여운에서 벗어나지 못한 양쪽 눈시울도 붉고 촉촉했다.

"도준이랑 예슬 씨 연기도 기가 막혔고요. 저 오늘은 울었다는 거 숨기지도 못하겠습니다. 정말 콸콸 울었습니다."

"칭찬해 주시니까 엄청 기쁘면서도 참, 하 작가님께서 이렇게까지 흥분하신 적이 있었나 싶어서 조금 당황스러운데요?"

"그 정도로 잘 만드셨어요. 정말 고생하셨어요, 감독님. 그리고 박석지 편집 감독님도요. 제가 텍스트로 그려냈던 그 이상의 세계였어요."

"야, 재건아. 천천히 말해. 숨넘어가겠다."

그렇게 말하는 도준도 기쁜 마음을 주체할 수 없는 표정이었다. 껑충한 키로 재건의 목을 조르듯 등 뒤에서 껴안으며 그가 말했다.

"한중 동시 개봉이고, 한국도 한국이지만 중국 극장가가 워낙 크니 나도 심장이 벌렁벌렁하네."

매니저 태봉이 활짝 웃으며 바통을 받았다.

"한국은 연간 관객수가 1억 명 넘기는 수준인데, 중국은 단일 작품으로 1억은 그냥 돌파하기도 하니까. 이거 하 작가님, 중국에서 흥행하면 제대로 돈방석에 앉으시겠습니다."

"태봉이 형은 작품 얘기하다 격 떨어지게 무슨 돈 얘기야."

"무슨 격이 떨어져, 인마. 야, 누가 뭐래도 난 세상에서 돈이 제일 좋다. 나 뼛속까지 속물이야. 이런 매니저라서 어쩔래?"

즐거운 웃음소리가 장내를 울렸다.

바로 그때, 홀 저편의 화장실에서 나오는 팽식의 모습이 모두의 시야에 포착되었다.

새빨간 그의 얼굴을 본 재건은 세수를 얼마나 세차게 한 걸까 하고 문득 생각했다.

"안녕하세요."

거리가 적당히 가까워졌을 즈음 태성이 먼저 인사를 건넸다.

팽식은 가벼운 묵례로 답하고는 아무런 말도 없이 장내를 떠났다.

"느낌이 영 안 좋은데요. 내 편집이 맘에 안 들었나?"

태성이 잠시 화장실로 사라진 틈을 타 석지가 중얼거렸다. 아무래도 감독 앞에서 말하기는 껄끄러운 이야기니까. 그녀의 옆으로 나란히 선 도준도 심각한 표정으로 고개를 끄덕이고 있었다.

"그러고 보니 바다가 있었다 평점 얼마 줬었더라?"

"7점이요. 하여간 점수 한번 엄청나게 짜요. 7점 이상 준 작품 얼마 되지도 않을 걸요."

"그래도 박팽식의 7점이면 엄청나게 후한 편이지. 박팽식 7점이면 어지간한 평론가들의 10점과 맞먹는다는 말도 심심찮게 들리는데."

이윽고 석지가 재건에게로 시선을 던졌다.

"하 작가님 보시기엔 몇 점 주실 거 같아요?"

"글쎄요, 저는 잘 모르겠습니다."

재건은 속내를 입 밖으로 내지 않고 웃었다. 좋은 꿈을 꾸었을 땐 남에게 말하지 말라던 누나의 말이 떠올라서였다.

꿈이 꿈으로 끝나지 않으려면 잠자코 기다려야 한다. 팽식의 눈물은 가슴속에 혼자만 간직하기로 했다.

"자, 그럼 오늘은 다들 일정 없으신 거죠?"

재건이 손뼉을 치며 분위기를 전환했다.

"약속했던 대로 오늘 식사는 제가 거하게 대접하겠습니다. 드시고 싶은 거 뭐든지 말씀하세요."

"감독님, 누나, 예슬 씨, 그리고 태봉이 형도 합심해서 재건이 벗겨먹어야 돼요. 얘가 은근히 실속 있어. 사무실에만 있으면서 나보다 잘 번다고."

도준의 너스레가 환호성을 끌어냈다.

시사회장 바깥에 대기하고 있던 기자들이 재건 일행을 보고 앞다투어 플래시를 터뜨렸다. 그중 가장 잘 나온 한 장의 사진은 '하재건 사단의 봄날'이란 제목으로 인터넷 뉴스 중앙을 장식하게 되었다.

BIG LIFE

[애플티 채린과 하이퍼소다 유나의 합동 유닛 C.Y를 향한 반응이 뜨겁습니다. 지금 수도감성 음원이 공개되고 하루가 채 지나지 않았거든요?]

[네, 그렇습니다. 현재 메론, 네이빈, 자니, 올래뮤직, 박스, 소리샘 등등 주요 7개 음원 사이트에서 실시간 1위를 달리고 있고요. 쇼케이스 이후 공개된 뮤직비디오는 벌써부터 80만 뷰 이상을 기록하는 중입니다.]

빠듯한 일정을 소화하기 위해 쉴 새 없이 달리는 차 안.
채린은 핸드폰을 통해 생방송 연예 뉴스를 시청하고 있었다. 함박웃음을 입가에 듬뿍 담은 채로.

[하재건 작가가 작사를 했다는 점도 무척 화제가 되고 있죠? 어떤 아티스트의 신곡이 발표됐을 때요. 이렇게 작사가

주목을 받는 경우는 상당히 드물지 않습니까?]

[네, 아무래도 그런 경향이 있지요. 이토록 이슈가 되는 데엔 몇 가지 이유가 작용한다고 봅니다. 일단 애플티 채린 씨도 그렇지만 하재건 작가가 유나 씨와도 모 예능을 통해 친밀한 모습을 보여줬어요.]

[그렇습니다. 게다가 비단 이런 화제성이 아니더라도 하재건이란 작가는 단독으로도 충분히 영향력을 구가하고 있지 않습니까?]

[네, 뭐 아시다시피 엄청나지 않습니까. 만으로 아직 20대인 젊은이가 벌써 한국에서 작가로서 독보적인 입지를 구축했고요. 지금 이 작가 소설로 만들어진 영화, 게임 등등 또 얼마나 많이 팔리고 있습니까? 국내만이 아니라 해외에서도요.]

"그렇게 좋으세요, 언니?"

옆에 앉아 있던 유나가 팔짱을 끼며 안겨왔다. 채린은 그녀의 뺨에 제 뺨을 비비며 키득거렸다.

"너는 그럼 안 좋아? 우리 완전 대박 터지게 생겼는데?"

"당연히 좋죠. 사실 하이퍼소다 데뷔 싱글 반응이 그다지 좋지 못해서 내심 걱정하고 있었는데 다행이에요."

"C.Y의 유나로 팍 떠야지. 그래서 그 뭐더라? 도준 오빠가 게임하면서 자주 쓰는 말 있는데. 아, 그래. 하드 캐리. 네가 떠서 하이퍼소다 하드 캐리 하면 되잖아."

잠시 후 핸드폰으로 보던 뉴스가 끝났다.

채린은 즉시 재건에게 메시지를 날렸다. 이 순간의 고마운 마음을 잊지 않고 새삼 전하고 싶어서였다.

-수도감성 대박!!! 음원 사이트 올킬!!! 나랑 유나 떼부자 될 듯!!!!

-나도 뉴스 봤어. 떼부자 되는 거 축하하고 조만간 봐.

-재건 오빠가 노래 부른 우리보다 저작권료 더 많이 받으실 거면서! 오빠가 우리한테 쏘셔야죠! 홍칫뿡!

-알았다, 뭐든지 먹고 싶은 거 말해. 만 원 한도 내에서 ^^

차창 너머로 방송국이 보이기 시작했다.

채린은 유나의 손을 꼭 잡고서 하얀 치아가 드러나도록 환히 웃었다. 싱그럽고 따스한 봄바람이 미치도록 좋았다.

BIG LIFE

"하재건 선생님! 소설 마켓 플레이스 판매량이 벌써 60만 부를 돌파했습니다! 한 말씀만 해주시죠!"

"그저 감사드릴 뿐입니다."

"질풍노도 제작자 관련 시사회를 보신 소감은 어떠십니까? 이번에도 만족하십니까? 윤태성 감독의 전작과 비교하면 어떤 느낌입니까?"

"죄송합니다. 개봉 전이라 저는 말을 아끼겠습니다."

"질풍노도의 주연을 맡은 중국 톱 여배우 양잉이 중국 쪽 언론을 통해 하 작가님을 향한 호감을 표시했는데요! 무려 이상형이라는 말까지 농담처럼 나왔는데 어떻게 보십니까?"

"전 양잉 씨를 실제로 만나본 적이 없습니다. 아무튼 좋게 봐 주시니 감사해야 할 일이겠지요."

매니저가 따로 없는 재건은 홀로 기자들의 물결을 돌파해야만 했다.

정식으로 취재하는 자리가 아니었다. 방송국에서 '영화를 보자' 프로그램 녹화를 끝내고 나오는 길이었다.

'작년까지만 해도 이 정도는 아니었던 것 같은데.'

동선을 파악한 기자들이 불시에 나타나 이렇게 급습을 가하는 경우는 자주 있었다.

한데 출현 빈도와 머릿수가 눈에 띄게 늘어났다.

입이 하나인 재건으로서는 이 많은 기자의 기대에 온건히 부응해 줄 수가 없었다.

"죄송합니다, 제가 지금 급히 가 봐야 해서요."

"하재건 선생님! 조만간 개봉하는 질풍노도에 대해 딱 한 말씀만……!"

재건은 달려드는 기자들로부터 가까스로 벗어나 자신의 차에 몸을 실었다.

시동을 걸고 핸들을 잡는 와중에도 차창 밖의 기자들은 계속해서 질문 공세를 해대고 있었다.

"후우, 이건 무슨 복도를 통과하는 일만도 전쟁이니."

재건이 한숨 섞인 목소리로 중얼거렸다.

'나 혼자 살아'의 시청자 반응이 좋았던 데다 작가로서의 성과도 나날이 하늘 높은 줄을 모르고 올라가는 상황이다.

재건을 가만히 놔두지 못하는 온갖 방송사로부터 연일 섭외 요청이 쇄도하고 있었다.

'영화를 보자'만큼은 애청자인 도준 때문에 계속해 오고 있었다. 죽은 형과의 추억이 서려 있는 프로그램이기에 가능하면 할 수 있는 데까지 해보고 싶은 마음이었다.

드르륵!

주머니 속에서 핸드폰이 울렸다. 꺼내 보니 수희의 아버지 경욱으로부터 걸려온 전화였다.

재건은 즉시 귀에 이어폰을 꽂고 전화를 받았다.

"안녕하세요, 장인 어르신."

─그렇게 부르지 말라니까.

"아, 네…… 아버지. 점심은 드셨어요?"

─안 먹었어. 자네한테 얻어먹으려고.

재건의 얼굴이 곤혹으로 물들었다. 경욱은 곧잘 이렇게 사람을 당황스럽게 만들곤 했다.

어쨌든 거역할 수 없는 재건은 냉큼 대답했다.

"아아, 네. 그러시면 제가 지금 연희동으로 가겠습니다."

─농담해 본 거야. 바쁜 사람 데리고 다 늙어서 주책 부리겠나?

"아닙니다, 급한 일 없어요. 지금 부천 작가 사무실에 갈 생각이었어요."

─됐네, 점심은 다음에 하기로 하고. 질풍노도 때문에 전화한 거야.

"질풍노도요?"

─다음 주에 개봉 아닌가. 이번에 자네랑 자네 사돈 어르신들까지 해서 다 같이 보러 가면 어떨까 싶어서 말일세.

재건은 내심 신기하다는 생각이 들어 입가에 미소를 지었다. 자신의 아버지 석재도 오늘 아침에 같은 말을 했던 것이다.

여러 번 만나 함께 장기를 두다 보니 이심전심이라도 된 것일까.

"네, 아버지. 사실 저희 아버지도 오늘 같이 보러 가자는 말씀을 하셨어요."

─그거 잘됐군. 그럼 표는 자네가 끊어주게.

"당연한 말씀을 하십니다. 제게 다 맡겨주세요."

─그리고 나는 치즈맛 팝콘 좋아해.

"극장에 있는 모든 간식을 종류별로 준비해 두겠습니다."

─알았네, 그럼 운전하는 중인 거 같은데 이만 끊지. 시간 될 때 아무 때고 장기나 두러 오게.

"네, 전화 드리겠습니다. 쉬세요."

전화를 끊은 재건은 한동안 더 차를 몰아 작가 사무실이 있는 오피스텔에 도착했다.

주차장에 차를 대고 내렸을 때였다.

이번엔 수희의 어머니인 연옥의 전화로 핸드폰이 울렸다.

"여보세요? 장모님?"

─아이구, 우리 예비 사위님. 많이 바쁘신가?

"아닙니다. 좀 전에 장인 어르…… 아니, 아버지께서 전화를 주셔서 통화했거든요. 그래서 조금 놀라서요."

─안 그래도 그것 때문에 전화했어. 그 사람이 하는 말 너무 신경 쓰지 마요. 어차피 하게 될 결혼 굳이 서두를 게 뭐 있나?

연옥의 말에 재건이 두 눈을 가늘게 떴다.

"그게 무슨 말씀이세요, 장모님?"

─으응? 그 사람이 뭐 말 안 했어?

"다음 주에 다 같이 영화 보러 가자는 말씀만 하셨거든요."

―아니, 그 사람이 수희 나이도 걱정되고, 빨리 손자 보고 싶다면서 자기가 나서서 재촉 좀 해야겠다고…… 난 그래서 그 말 하려고 자네에게 전화 넣은 줄 알았지.

"아아, 네……."

―아닐세, 아닐세. 여하튼 우리 사위님 신경 쓰지 말아요. 난 또 안 그래도 바쁜 사람 괜히 머리 어지러워질까 걱정돼서…… 오호호. 그럼 이만 끊을 테니 일 봐요, 우리 사위.

전화가 끊어지고 재건은 괜히 숙연해졌다. 초조해하는 경욱의 마음을 모르지 않은 까닭이다.

그래서 속으로 규호와 재인의 모습을 떠올리며 빌었다. 올해가 다 지나가기 전에 부디 기운 좀 내달라고.

BIG LIFE

전율의 110분, 한시도 감성을 속일 수 없는 정확한 템포로 끝까지 유지되는 호흡, 원작에서 그대로 가져온 촌스러운 제목에 안타까워하면서도 기어이 기립박수.

― 영화 저널리스트 박팽식

―김파래 : 박팽식이 9점????? 박팽식이??????? 내가 아는

평론가 박팽식과 동명이인은 아니지??????

−메켄로 : 소금왕 박팽식이 9점을 줬다고??? 이 양반 한국 영화 중에 9점 준 건 최초 아닌가요???

−초록차 : 대박ㅋㅋㅋㅋㅋㅋㅋ 난 박팽식 평론가 취향 맞는 편인데 겁나 기대되네. 오늘 저녁 예매함!

"재건아, 이것 좀 봐! 박팽식 평론가가 9점이나 줬어!"

"박팽식이 누군데 그렇게 호들갑이야?"

외투를 입다 말고 명자가 물었다.

재인이 핸드폰을 들고 그녀에게로 다가가 보여주며 말했다.

"왜, 점수 엄청 짜게 주기로 유명한 평론가 있어. 그런데 우리 재건이 질풍노도에 9점이나 줬다니까?"

"어머, 그러니? 어디 가까이서 좀 봐."

두 모녀는 핸드폰 하나로 댓글들을 들여다보며 좋아했다.

이미 출발할 준비를 마치고 문간에 선 재건은 말없이 웃었다. 역시나 시사회장에서 팽식을 보고 품었던 예감은 틀리지 않았다.

"사돈댁하고는 어디서 만나기로 했냐?"

옆에 서 있던 석재가 물었다.

상념에서 깨어난 재건이 손목시계를 확인하고는 대답했다.

"극장에서 바로 만나기로 했어요. 수희가 모시고 올 거예요."

"그래……. 아, 그만들 하고 빨리 나와. 어떻게 우리 집 여자들은 뭘 하든 매번 이렇게 느려?"

석재가 참지 못하고 잔소리를 했다.

명자와 재인은 뒤늦게나마 서둘러 신발을 신었다.

드르륵!

"어? 누구 전화지?"

명자와 석재를 먼저 태우고 조수석에 오르려던 재인이 핸드폰을 꺼내 들었다.

상대의 이름을 확인한 순간, 겨울이 다 지나고 봄이 만연해졌음에도 불구하고 그녀는 얼어붙고 말았다.

'배 실장님……?'

규백의 심복으로부터 걸려온 전화였다. 번호를 등록한 이후 처음 받는 연락이었다.

"재인아, 안 타고 뭐하니?"

먼저 뒷좌석에 오른 명자가 고개를 쏙 내밀고 물었다. 재인은 황망히 웃으며 뒤로 한 걸음 물러섰다.

"나 금방 전화 좀 받을게."

"가면서 받으면 안 되니? 사돈댁 금방 오실 텐데."

재인이 입술을 깨물었다. 명자와 석재 앞에서 통화할 수는 없는 노릇이었다. 다행스럽게도 심상치 않은 기색을 읽은 재건이 말을 보탰다.

"천천히 통화하고 타. 아직 시간 여유 충분히 있어요, 엄마."

"고마워, 재건아."

재인은 가족들이 보이지 않는 대문 바깥으로 나섰다. 그리고 한 차례 헛기침으로 목소리를 가다듬은 다음 전화를 받았다.

"여보세요?"

─안녕하세요, 아가씨.

재인이 놀란 숨을 훅 들이마셨다. 배 실장이 아니라 규백의 목소리가 들려오고 있었다.

"아, 안녕하세요. 회장…… 님……."

─갑자기 전화해서 미안해요. 지금 좀 만나고 싶은데 시간이 나겠어요?

"지금요?"

─어려우신가?

구두 속에서 다섯 발가락이 안으로 움츠러들었다.

사돈 집안과 함께하는 중요한 약속이다. 심지어 사랑하는 동생의 작품으로 만들어진 영화를 관람하는 날이다.

따지자면 망설이는 데에는 더 큰 이유가 따로 있었다. 일대일로 규백을 만나야 한다는 것이 두려웠다. 그 어떤 말이 나오게 될지 장담할 수 없는 것이다.

─사실 나 지금 아가씨 학원 앞에 와 있어요.

"학원 앞이시라고요?"

재인이 고개를 쳐들었다. 건물들에 가려져 보이지 않는 학원 쪽을 바라보며 그녀는 목울대를 한 차례 울렸다.

바로 그때, 어느새 등 뒤로 다가온 재건이 어깨를 가볍게 두드렸다. 그것만으로도 재인은 소스라치게 놀라며 돌아보았다.

'갔다 와.'

재건이 입술을 벙긋거리며 소리 없이 말하고 있었다. 갈피를 잡지 못하고 머뭇거리는 누나에게 푸근한 미소까지 곁들인 표정으로.

"알겠습니다, 회장님."

재건 덕분에 용기를 낸 재인이 대답했다.

"지금 곧 가겠습니다."

─천천히 와도 괜찮아요. 맞은편 카페에서 기다리고 있을 테니. 그럼 끊어요.

전화를 끊고 난 재인이 손을 들어 이마를 감쌌다. 한숨을 뱉어낸 끝에 그녀는 자조하듯 중얼거렸다.

"어떡해야 할지 모르겠어."

"만나봐."

재건이 재인의 양어깨를 붙잡으며 말을 건넸다.

"대기업 회장님이라고 겁먹을 거 없어. 전에는 갑작스레 만나서 당황스러웠겠지만 오늘은 아니잖아. 당당하게 만나서 누나의 생각을 얘기해."

"말은 간단하지만, 재건아…… 아니, 근데 너 어떻게……?"

재인이 두 눈을 동그랗게 떴다. 동생이 어떻게 자신의 사정을 이토록 소상히 알고 있는 것일까.

"너 혹시 남 이사님 만났니?"

"지금 그런 게 중요해?"

재인의 어깨를 잡은 재건의 두 손 가득 힘이 들어갔다.

"누나 하나도 부족할 거 없어. 내 말 무슨 소린지 이해하지? 내가 무슨 말하고 있는 건지 알겠지?"

"아, 알아……."

"정 불안하면 내가 같이 가줘? 그래, 내가 같이 가줄게. 학원 앞이라고 했지?"

재건이 성큼성큼 걸음을 옮기는 시늉을 했다. 기겁한 재인이 뛰어가서 붙잡아 세웠다.

"왜? 뭐 어때? 만나서 얘기하고 약속 가면 되지."

"아, 아니야. 그런 게 아니라 내가 혼자 갈게. 내가 혼자 가야 돼. 그래야 확실하게 회장님이랑 대화할 수 있어."

다른 누가 개입해서 해결될 문제가 아니다. 두려움을 무릅쓰고 스스로 헤쳐 가야 할 일이다. 그렇게 마음을 다잡으며 재인은 결연히 말을 이었다.

"걱정하지 마. 누나가 잘할게."

"진즉 그렇게 나왔어야지."

재건이 피식 웃으며 발길을 돌려세웠다. 차고로 돌아가면서 그는 나직이 덧붙였다.

"누나 고등학생 때 데미안 읽고 나한테 했던 말 기억나? 싱클레어한테 말하는 대목 있잖아. 사람이 사람을 두려워한다는 건 말이 안 된다고. 자신감 가지고 만나고 와."

재건이 들어가고 잠시 후 차고에서 차가 빠져나왔다.

어이없어하는 명자와 석재의 표정이 재인의 눈앞을 스쳐 갔다. 홀로 남은 재인은 입술을 앙다물고 우두커니 서 있다가 이내 몸을 돌려세웠다.

BIG LIFE

"좀 더 빨리 연락하지 못해서 미안해요."

"아닙니다, 회장님. 무슨 그런 말씀을 하세요. 제가 죄송합니다."

"기력은 빠르게 쇠진해 가는데 규호 놈 고집은 나날이 드세어지고 있으니…… 내 몸이 건강했다면 더 늦게, 아니, 솔직히 아예 연락을 하지 않았을지도 몰라요."

"무슨 말씀이신지 이해합니다……."

재인학원 맞은편에 자리한 아담한 카페.

규백과 마주 앉은 재인은 고개를 떨어뜨리고 있었다. 굳건한 각오로 카페 문을 열어젖혔건만 그 용기는 다 어디로 사라졌는지. 머리부터 발끝까지 두려움으로 바들바들 떨렸다.

'끝났어…….'

긍정적인 이야기가 나올 거란 기대는 눈곱만큼도 남아 있지 않은 재인이었다.

상대는 시가 총액이 8조에 달하는 대기업의 회장이다. 잠시 즐거운 꿈을 꾸고 있었을지도 모른다. 어릴 적 읽었던 신데렐라 이야기처럼 행복한 결말이 현실에도 있을 수 있을까.

재인은 속으로 고개를 가로저었다.

한편 규백도 잠자코 말이 없었다. 즉흥적으로 이곳까지 찾아온 까닭이다. 그간 오래도록 번민을 거듭해 왔고 도저히 정신적으로 배겨낼 수가 없게 됐다.

이제는 본론으로 진입해야 할 시점이다. 재인을 앞에 두고 한 차례 생각을 정리할 시간이 필요했다.

"하나 묻고 싶은 게 있어요."

커피가 다 식어갈 즈음 규백이 비로소 입술을 뗐다.

내리깐 시선을 그대로 둔 채 재인이 고개를 끄덕였다.

"네, 회장님. 말씀하세요."

규백이 등 뒤로 손가락을 까닥해 보였다.

뒤쪽 테이블에서 대기하고 있던 배 실장이 일어섰다. 다가온 그는 재인과 규백의 테이블 위에 책 한 권을 정중히 내려놓았다.

"이 소설 주인공이 아가씨라면서요?"

"……?!"

책 표지를 확인한 재인은 놀라서 입을 꾹 다물었다. 배 실장이 내려놓은 책은 동생이 쓴 '멍청한 여자'가 아닌가.

"그래서 물어보고 싶었어요. 이 소설에 등장한 여주인공과 얼마나 꼭 같은지. 혹은 다른 점이 있는지."

누워 있는 책의 페이지 곳곳이 붕 떠 있었다. 한두 번 읽은 것이 아니라는 흔적이 고스란히 느껴지는 모양새였다.

"회장님, 이건……."

당황한 재인은 말을 잇지 못했다. 갑작스레 '멍청한 여자'를 꺼내놓고 주인공과 자신을 직접 비교해 보라니.

"잘 얘기해 줬으면 좋겠어요."

규백의 목소리는 부드러우면서도 단호했다.

"이 책이 아니었다면 우리가 만나서 이렇게 대화할 일은 없었을지도 몰라요."

재인이 묵묵히 고개를 끄덕였다.

시야를 가득 채운 한 권의 책은 그녀가 세상에 태어나서 받은 가장 큰 선물이었다. 온몸을 떨리게 했던 두려움이 서서히 사라지기 시작했다. 그 대신 뿌듯함으로 가슴이 벅차올랐다.

"전부 소설이에요, 회장님."

"소설이라고?"

다소 어안이 벙벙해진 규백이 되물었다. 재인은 웃는 낯으로 고갯짓을 하면서 또박또박 말을 이었다.

"네, 회장님. 그렇게 멍청할 정도로 착하진 못해요. 게다가 제목만 멍청한 여자일 뿐이지 가족을 위해서 행동할 땐 또 얼마나 야무지고 똑똑해요? 제 성격은 그 여주인공만큼 싹싹하지 못합니다."

겸손이 미덕이란 생각으로 이렇게 얘기하고 있는 것일까, 아니면 자포자기의 심정이라도 된 것일까. 속으로 생각하는 규백 앞에서 재인은 손가락 하나를 조심스레 세워 보였다.

"다만, 딱 하나 제가 더 잘난 부분이 있습니다."

"그게…… 뭐지요?"

"소설 여주인공보다 제가 더 가족을 사랑합니다. 제 동생이 아무리 글을 잘 쓴다고 해도 가족을 사랑하는 제 마음을 완전히 표현하진 못했다고 생각합니다. 이것만은 회장님께 자신 있게 말씀드릴 수 있습니다."

규백이 멀거니 재인을 바라보았다.

주눅 든 기색이라곤 전혀 없는 재인이 활짝 웃고 있었다.

바로 그 순간 규백에게만 보이는 것이 있었다. 가장 아름다웠던 시절의 아내가 사심 없이 해맑은 얼굴 위로 겹쳐지고 있었다.

"그렇군요……."

규백이 고개를 끄덕였다. 무심코 떠오른 아내 때문에 코끝이 또 찡해지고 말았다.

"어려운 질문에 잘 답해줘서 고마워요."

"아닙니다, 회장님."

규백의 입가에 쓴웃음이 감돌았다.

갓 세상에 태어났을 때부터 최근에 이르기까지, 사랑하는 아들의 모습이 달리는 차창 밖의 풍경처럼 눈앞을 스쳐 가고 있었다.

이제는 보내줘야 할 때가 온 듯했다. 아들의 의지와 삶을 존중해 줘야 할 차례였다. 자신 역시 그랬듯이.

"그러고 보니 사학을 전공했던데."

"아, 네…… 회장님."

"대학원에 진학할 마음은 없는 건가?"

"당시에 조금 빠듯하게 살다 보니 마음의 여유가 없었습니다. 그리고 지금은 회장님께서도 아시다시피 학원을 운영하고 있어서요."

차분하게 대답하면서도 속으로는 떨떠름한 재인이었다.

뜬금없이 전공에 대해 질문하는 이유가 무엇일까.

"원장 선생님이 학생들을 직접 가르칠 필요는 없지. 선생님을 더 고용하고 대학원에 진학해도 될 일 아닌가."

"네, 그렇긴 합니다만……."

"진학해요, 그럼."

규백이 자르듯이 말했다.

"내 조만간 써먹을 데가 있어서 그러니까."

"그게 무슨 말씀이신지……?"

"내 아들놈 나이가 있으니 식부터 올리기로 하고. 대학원은 신혼생활하면서 다녀도 별 무리는 없겠지."

"……?!"

혹시 지금 환청을 들은 것은 아닐까.

재인은 무심코 두 손을 들어 제 입을 가렸다. 도저히 믿을 수 없는 말이어서 귀가 잘못된 것인지 의심스러웠다.

규백이 담담히 말을 이었다.

"그리고 오늘 기왕 만났으니 시간 좀 내줄 수 있을까? 꼭 보고 싶은 영화가 있는데 아가씨랑 데이트 좀 했으면 좋겠군."

"회, 회장님……."

재인의 두 눈 가득 눈물이 고였다.

반짝이는 한 방울의 눈물이 테이블 위에 놓아둔 핸드폰 위로 떨어졌다. 바로 그 순간, 때맞춰 규호로부터 날아든 메시지가 핸드폰을 환하게 밝히고 있었다.

BIG LIFE

"죄송해요, 남 이사님. 오늘 선약이 있어서요. 네? 아니요. 친구는 아니고 무척 좋은 분이세요. 오늘 그분과 질풍노도 보기로 약속을 했거든요. 아, 남 이사님. 그럼 죄송하지만 지금 길게 통화하기가 어려우니 제가 저녁에 전화드릴게요."

'좋은 분이라고……?'

규호는 초조하게 입술을 깨물며 고개를 갸웃거렸다.

벽시계의 시침은 어느덧 밤 10시를 가리키고 있었다. 재인으로부터 아직 연락은 없었다.

'도대체 누구지……? 좋은 분이라고 하면 남자인가? 남자와 영화를 보러 갔다고? 그것도 자기 동생 소설로 만들어진 중요한 영화인데? 나랑 안 보고 대체 누구랑?'

규호는 정신이 반쯤 나가 있었다. 재인에게 '질풍노도'를 보러 가자고 말했다가 거절을 당하고 만 것이다. 자존심 때문에 통화할 땐 아무렇지 않은 척 굴었지만 실상은 충격이 엄청났다.

'정말로 남자인가? 나를 자극하려고 좋은 분이라는 표현을 쓴 건가? 천사 같은 재인 씨가 그럴 리가 없어. 아니, 지금 상황이 답답하니까 나에 대한 불만을 이런 방식으로 표출했을 수도……?!'

규호는 답이 나오지 않는 제 머리를 두 손으로 뒤헝클고 있었다. 바로 그때, 노크 소리가 울리면서 가정부의 목소리가 문틈을 파고들었다.

"도련님, 회장님께서 들어오셨습니다."

"아, 그래요."

규호는 일단 생각을 거두고 일어섰다.

방문을 열고 나오니 이미 규백은 거실로 올라선 참이었다. 등 뒤로는 배 실장도 함께였다.

"이제 들어오세요."

"어, 그래."

규호는 더 할 말이 없어 입을 다물었다. 최근 들어 아버지와 관계가 소원해진 것이 사실이었다.

"어디 다녀오셨어요?"

"젊은 아가씨랑 영화 보고 밥 먹고 왔다."

"네에……?"

"뭘 그렇게 놀라서 쳐다보냐? 애비더러 여자 만나라며?"

"아니, 네. 아니, 근데 아버지. 젊은 아가씨라니……?"

"건 네가 알 거 없고."

규백이 외투를 벗고 소파에 앉았다. 곁에 멀거니 서 있는 규호를 향해 그는 무심히 말했다.

"대학원 보내라."

"대학원이요? 누구를요?"

"누구긴 누구야, 인마!"

규백이 대뜸 호통을 쳤다.

"신혼 생활 즐길 생각 말고 공부 똑바로 시켜. 미술관 개관하고 나면 맡길 작정이니까."

"아, 아버지······?"

기겁한 규호의 한쪽 다리가 풀썩 꺾였다. 재인이 말한 좋은 분이 누구인지, 더불어 아버지가 말한 젊은 아가씨가 누구인지 깨닫는 순간이었다.

"미술관을······ 맡기신다고요?"

규백은 평생에 걸쳐 1,000점 남짓의 한국 미술품을 수집했다. 이 미술품을 전시할 미술관을 개관하기 위해 최근 지역을 알아보고 있는 참이었다.

"미술관을······ 그니까 재인 씨에게 미술관을 맡기시겠다는 그 말씀은 즉······."

규백이 벗어둔 외투를 냅다 규호에게 집어 던졌다.

"뭘 또 확인하고 앉았어? 너 이렇게 머리가 안 굴러가서 어떻게 이사 자리에 앉아 있냐?"

"아버지!"

규호가 털썩 무릎을 꿇었다. 언제나 그랬듯이 규백은 사색이 되어 소파 뒤로 멀찍이 물러났다.

"야! 너 내 앞에서 무릎 꿇지 말라니까!"

"오늘은 헛소리하려고 무릎 꿇은 거 아닙니다! 사랑합니다, 아버지! 세상에서 아버지를 가장 사랑해요!"

"이 자식이 쥐약을 먹었나, 헛소리 말고 비켜! 아, 붙잡지 마! 답답해!"

계속되는 호통에도 불구하고 규호는 부둥켜안은 아버지의 다리를 놓지 않았다. 재인의 말은 거짓말이 아니었다. 세상에서 가장 좋은 분은 다름 아닌 아버지였다.

BIG LIFE

[중국 강타한 '질풍노도', 하루가 멀다 하고 기록 경신!]

'질풍노도'가 한국과 중국에서 동시에 개봉된 지 3주째.

주요 검색 포털 사이트는 온통 '질풍노도'에 관한 뉴스로 뒤흔들리고 있었다.

비단 인터넷만이 아니었다. 공중파 모든 방송에서도 '질풍노도'로 인한 격렬한 열기를 하루도 빠짐없이 보도하고 있었다.

[……개봉 3주 차에 접어든 질풍노도의 흥행세가 무섭습니다. 한국에서는 벌써 700만 관객의 고지를 눈앞에 두고 있는데요. 이보다 더 엄청난 건 바로 중국 쪽의 반응입니다. 상하이 현지 김원태 기자 연결해 보겠습니다. 김원태 기자?]
[네, 김원태 기자입니다. 지금 제 등 뒤로 보이는 이 긴 행렬이 전부 질풍노도를 예매하려는 중국인들입니다. 이 줄이 누적 관객 수 6,000만 명을 돌파한 질풍노도의 인기를 실감하게 하는데요.]

실로 난리를 피우지 않을 수가 없는 성적이었다.
한국에서의 인기도 엄청났지만 중국에서의 반응에 비하면 실로 피라미에 지나지 않는 수준이었다.
3주 차에 6,000만 명!
땅 넓고 사람 많은 중국의 언론에서도 앞다투어 보도할 만큼 파격적인 수치였다.
틴센트 픽처스의 치밀한 중국 현지 마케팅 전략, 인기 절정의 배우 양잉, 여기에 탄탄한 원작을 기반으로 한 감독 태성의 탁월한 연출이 더해진 결과였다.

세상이 '질풍노도'의 돌풍에 휘말린 가운데.

정작 원작 소설을 쓴 재건은 거의 집에만 머무르고 있었다. 취재하려는 기자들의 관심이 극에 달한 시기였다. '영화를 보자' 녹화를 비롯해 꼭 나가야 할 일이 아니고서는 한 발자국도 나가지 않았다.

타다다닥! 타닥! 타다다닥!

오늘도 재건은 집 안 서재 한곳에 앉아 세상과는 무관하게 글을 쓰는 중이었다.

소설에 붙인 가칭은 '사람의 악의'였다. '더 브레스' 미국용 원고를 작업하는 틈틈이 써오고 있었다. 악한 성향을 지닌 주인공 외에는 거의 정해진 것이 없지만, 일단은 손가락이 가는 대로 이야기를 전개해 나가는 중이었다.

드르륵!

탁자 위의 핸드폰이 몸을 떨었다.

액정을 보니 모르는 곳에서부터 걸려온 전화였다.

'또 어디 방송사겠지. 아니면 관공서인가.'

재건은 받지 않고 핸드폰을 그대로 놔뒀다. 그러자 잠시 후 진동이 멈추더니 메시지가 날아들었다.

to be continued